M.

Roman

Anna Gien & Marlene Stark

Für

Adela
Agatha
Alecia
Alexandra
Alice
Alma
Amy
Ana
Anastasia
Angela
Angelika
Anita
Anja
Anne
Andrea
Antonia
Aretha
Arielle
Audrey
Aydan
Azam
Beate
Bernice
Billie
Brigitte
Britney
Camilla
Carla
Carola
Caroline
Charlotte
Chiara
Chloë
Chris
Christa
Christel
Christiane
Christina
Cindy
Claire
Clara
Claudia
Coco
Coretta
Courtney
Creszentia
Cruella
Dehlia
Diahanne
Diana
Ding
Dolly
Donatella
Donna
Dorca
Doris
Dorothy
Edith
Eileen
Elena
Elfriede
Elisabeth
Elise
Elizabeth
Ella
Ellen
Emily
Erykah
Ethel
Eva
Evelyn
Fatma
Fee
Fran
Françoise
Franzi
Frida
Füsun
Gabriele
Gaby
Gertrude

Gina
Golda
Grace
Graça
Grete
Gudrun
Hanna
Hannah
Hannelore
Hanni
Hedy
Heidi
Helena
Helene
Hélène
Heloisa
Henriette
Hermine
Herta
Hilary
Hildegard
Hope
Ilse
Ines
Ingeborg
Ingrid
Irene
Irina
Ivanka
Jane
Janne
Jasmin
Jeanne
Jennifer
Jessica
Joan
Joanne
Jodi
Johanna
Joni
Judith
Jule
Julia
Julija
June
Kate
Katharina
Kiki
Kim
Klara
Kylie
Käthe
Lana
Lara
Laura
Lauren
Lauryn
Le
Lena
Leo
Lesley
Liina
Ligia
Lore
Lotte
Louise
Luise
Luysali
Madita
Madonna
Manuela
Margarete
Margaretha
Margret
Maria
Maria Magdalena
Marianne
Marie-Antoinette
Marie-Elisabeth
Marily
Martha
Mary
Mascha
Megan

Meghan
Melanie
Michelle
Minh
Missy
Molly
Monica
Monika
Nadja
Nan
Natalia
Nathalie
Nicki
Nicky
Nina
Ngoc
Nora
Olga
Oprah
Pamela
Paris
Patti
Paulina
Peggy
Pia
Raffaela
Rebecca
Renate
Romy
Ronja
Rosa
Rosi
Rugilè
Sahebeh
Salome
Sara
Sarah
Shirley
Sibel
Sigrid
Simonetta
Siri
Sissi
Sophie
Stefanie
Su
Susanne
Suzanne
Svenja
Sybille
Sylvia
Tanja
Taraneh
Thekla
Theresa
Thy
Toni
Ulrike
Uma
Ursula
Uschi
Ute
Vera
Verena
Victoria
Virgina
Vivian
Walentina
Winnie
Yara
Yu
Zeba
Zoë
Zuzanna

und
alle anderen.

1. ROHLING

Freitag. Unter dem eisengrauen Himmel: Daunenjacken, Deoschwaden, der Hasendraht trieft vor Testosteron. Aus dem Freizeitkäfig auf der anderen Straßenseite dröhnt das Grölwabern, das von März bis November wie eine Gewitterwolke über der Rollbergstraße hängt, dringt ein in mein Atelier im ersten Stock. Für junge Erwachsene, die nichts mit sich anzufangen wissen, ist das einer der wenigen Orte, die hier noch übrig geblieben sind.

Keine Strategie, keine Regeln, die Körper prallen zusammen, stoßen sich voneinander ab, Fußball im entferntesten Sinne. Auf dem Gummibelag macht es keinem etwas aus, es ist laut, es erschöpft und es ist jetzt da. Mich beruhigt die Anwesenheit von Bewegung. Es fühlt sich lebendig an. Meine neuen Nachbarn stört der Lärm. Sie kaufen sich Aromadiffusoren oder Haustiere.

An manchen Tagen wird das konstante Rumoren von einem Geräusch gestört, das sich leise nähert, unter meinem Fenster zu ca. 180 Dezibel anschwillt, um sich dann langsam wieder zu entfernen, bis es sich vollständig im Hintergrund aufgelöst hat.

Ich kenne das Geräusch. Es ist dieses unerbittliche, harte Klappern von Rollkoffern auf Kopfsteinpflaster, das jeden stigmatisiert, der versucht, sich sonntagmorgens unauffällig aus dem Neuköllner airbnb-Zimmer mit den abgezogenen Tapeten zu schleichen, in das man sich eingemietet hatte, um für 650 Euro eine Woche lang das Echteste zu leben, das Berlin zu bieten hat. Wenn ich nachts mit dem Plattenkoffer nach Hause navigiere, ist das jedes Mal ein bisschen schmerzhaft: Rollkoffer, das sind immer Touristen oder DJs oder beides.

Hinter meinem Fenster vermischen sich die Geräuschfetzen von draußen mit dem Brummen der Oszillatoren, das aus den Monitorboxen neben meinem Schreibtisch quillt. Der Sound verstoffwechselt alles, was ihn umgibt. Der Raum ist sein Biotop. Ein Tier, aufgetürmt aus Schaltkreisen, einer über dem anderen, das sich selbst zu Musik produziert. Das ist die Grundlage: Die Oszillatoren laufen heiß, schalten kurz, dann kommt der Sound von unten. Schwingung, Unterbrechung, Synthese. Ganz einfach. Blau, gelb, rot durchädert ragen die Synthesizer und Drummachines aus dem großen Körper heraus und wachsen in den altrosa Flokati.

Ich mag dieses Zimmer. Alles hier drin ist mit mir verklebt. Wunderkammer, Zauberwald, Sanatorium.

Nachdem ich meinen Exfreund verlassen hatte, habe ich die Wände moosgrün gestrichen wie die Samtkissen einer Schmuckschatulle, in der man als 13-Jährige Dosenverschlüsse und abgewetzte Stimmungsringe aus dem Kaugummiautomaten wie kostbare Schätze hütet. Von den Regalen kippen Bilder und Skulpturen anderer Künstler, die Bilanz jahrelanger Tauschreigen. Kunst ist illoyal. Das, was so sehr das eines anderen ist, wird hier drin meins. Ganz oben, über dem Wirrwarr aus Kabeln und

Modulen, hängt ein Bild von Michael Rother, das erste, das ich getauscht und je besessen habe. Michael hat dem Ganzen (sofern man bei dem Wahnsinn von so etwas wie Ganzheit sprechen kann) nach dem Studium ziemlich schnell den Rücken gekehrt, um sich in einen kleinen Holzverschlag in Schweden zurückzuziehen. Die Arbeit ist ein gerahmtes, weißes Din-A4-Blatt mit einer kurzen Auflistung von Maschinen, die man bauen könnte, um damit abzuhauen: Fluchtmobile.

Was er damals von mir bekommen hat, weiß ich nicht mehr. Wenn man etwas, das so sehr das Eigene ist, weggibt oder verkauft, verarbeitet man den Verlust am besten, indem man das Ding so schnell wie möglich wieder vergisst.

Das Bett ist nie gemacht. Der Stoff ist nackt, gibt sich preis. Es erinnert mich immer an diese zwanghafte Diskussion um die Falte in der Kunst, leere Spitzfindigkeiten auf ausgeleuchteten Podien, die etwas Körperliches, Lebendiges in sterile Obsession verwandeln. Hier drin auf dem Bett ist der Wurf meine Unterschrift, abgespritzt auf das Weiß des Lakens.

Das Ochsenblut schuppt sich auf den Dielen, keucht Krümel auf die Plattencover, die zwischen Kleiderhaufen und aufeinandergestapelten Keilrahmen hervorblinzeln. Mein Flokati teilt sich den Boden mit anderen Überresten rauen Stoffs, einem ockerfarbenen Kelim und Badvorlegern aus türkischen Krimskrams-Läden auf der Sonnenallee.

Alles hier ist Beute. Herausgerissen aus seinen Zusammenhängen, Kulturgeschmergel, das genauso wenig Sinn ergibt wie das Spiel auf der anderen Straßenseite. Neukölln ist Kommunikationskollaps. Eine Collage von Geschichten, die nebeneinanderstehen und nicht zusammenpassen. Wie alles hier in meinem Zimmer. Das Holz drückt Dellen in meine Knie, während ich Platten aus meinem Regal fummele. Mir rutscht *Breakdown* von Carol in die Hände. 1981 aus Belgien.

I can't stand the crowd.
I get out the street.
I'm back in my room trying to forget your eyes.
I can't stand all this.
I can't handle this.
I'm back in my room trying to forget myself and I can't see all the lights shining and I can hear all the noise in the street and I'm back in your room trying to forget your eyes. Communication breakdown with all the rest of the world and I'm back in my room trying to forget myself communication breakdown with all the rest of the world and it's a very strange sensation like a final castration.

MMM

Heute Nacht lege ich in meinem Lieblingsladen auf. Eine wackelige Aluminiumtreppe mündet in ein schäbiges Loch. Niemand kümmert sich um die Einrichtung, es gibt kein Schild über der Tür und keine Putzfrau. In der Mitte der Tanzfläche treibt eine dreckige Matratze. Die Szenerie erinnert mich immer an das von Menstruationsblut und Tränen durchtränkte Bett, das Tracey Emin in der Tate ausstellte, nachdem sie wochenlang depressiv in ihm herumgesumpft war. Die Matratze hier unten ist ihr Gegenstück. Ein intimer Ort für alle. Dieses Stückchen Schaumstoff ist ein Kollektivsediment, ein herrlich abgeschrammter Körper, an dem die Hautfetzen der Vornacht wie Lametta hängen. Die Matratze war schon da, bevor der Club eingezogen ist. Indem wir sie da liegenlassen, tun wir so, als seien wir nicht der erste Schritt zur Gentrifizierung. Hier zahlt trotzdem keiner Miete. Und alle sind zusammen, jeder für sich.

Ich habe irgendwo gelesen, dass Dash Snow einen Riesenhaufen Strafe zahlen musste, weil er sich zusammen mit ein paar Freunden in ein Hotelzimmer eingeschlossen hatte, die Fenster mit Laken verdunkelte und die gesamte Einrichtung der sündteuren Suite zu Bautensilien umfunktionierte, um daraus einen Hamsterkobel aus zerfetzten Vorhängen, Kissenfedern und Troddeln zu bauen, in dem er sich tagelang mit einem Vorrat Nutella und Ketamin zurückzog. »Hamstering« haben die das genannt.

Ich bin froh, dass es diesen Raum hier gibt, intim, offen, hochsensibel. Es gibt belgisches Bier und französischen Rotwein. Einen Single Malt, Wodka. Kein Eis und keine

Strohhalme. Der Club gehört Franz. Seine Schwester K. und ihren Freund Boris habe ich hier kennengelernt. Boris ist immer da. Ihm gehört der Plattenramschladen um die Ecke.

Er ist über 40, älter als die meisten hier und riecht nach Schweiß, wie alle hier.

Ich frage mich, ob es ein Zeichen pathologischen Herumgeschluders ist, von den ganzen billigen Drogen kommt oder sogar ein olfaktorisches Distinktionsmerkmal für Zugehörigkeit ist. Wir sind Stroboproletariat.

Ich nenne den Geruch Speedschweiß. Speed ist eine unproduktive Droge. Keine Euphorieeffizienz, sondern Akzeleration jeder Form von Unzulänglichkeit. Vielleicht ist es aber auch so etwas wie die Trägersubstanz für die Versatzstücke von Leben, die wir in diesen Raum hineintragen.

Wir sind hier sicher. Kein Eintrag auf Google Maps, keine Sterne, keine einzige verfickte Rezension auf Tripadvisor. Keiner macht Fotos. Die Behaglichkeit der Leere und der Wust von Ereignisketten lässt sich nicht in Instagramästhetik übertragen. Vereinzelt stehen Möbel herum, von der Straße heruntergeschaffte Sessel und Relikte aus Neuköllner Eckkneipen. Bis vor einigen Jahren konnten die Arbeiter und Teilzeitalkoholiker, die dem Ausklang ihrer Produktivität von Dienstag bis Samstag mit je zwei bis fünf Herrengedecken frönten, ihre Bastionen mit Namen wie »Bierbaum 2« oder »Gießkanne« noch verteidigen. Doch gegen das Imperialbestreben

25-jähriger Skandinavier in weißen Sporthosen sind auch sie nicht gefeit (= Eckkneipen-Sterbehilfe).

Für Außenstehende ist das hier wahrscheinlich faszinierend und abwegig. Dabei geht es eigentlich nur darum, irgendetwas zu tun, das sich jeglicher Leistungslogik entzieht. Wer hier Gast ist, hat mit dem Phantasma, seinen Teil beitragen zu können, abgeschlossen. Vielleicht aus Mangel an guten Gründen, diese Gesellschaft noch am Laufen zu halten, vielleicht aus Mangel an Alternativen. Implizit ist das Post-Punk, explizit ist es Verweigerung, die kein politisches Statement vor sich herträgt. Wir arbeiten uns an uns selbst ab, nicht an den Strukturen, der Wille zur Verausgabung ist ungebrochen und hier gibt es genug Material.

An diesem Brutkasten verdient niemand was. Nicht mal Franz, auf dessen T-Shirt sich die gleiche Schicht aus Bierschlick und abgestandenem Rauch abzeichnet wie auf den Oberflächen der Einrichtung. Wir sind wirklich da und alles hier ist echt. Etwas daran ist hinreißend. Die Ignoranz, die Selbstverständlichkeit des Gestanks, die fast schon narzisstisch ist.

Ich bin spät dran. Während ich versuche, die blonden Zotteln, die mir aus dem Badezimmerspiegel entgegenwachsen, in eine Frisur zu verwandeln, schrauben sich die ersten Takte von Spectrum & Silver Apples' *(I Don't Care If You) Never Come Back* sirenenartig in die Höhe, bevor sie zirpend abstürzen und sich in einem sanft pendelnden Beat fangen. Ich pinsele Himbeerrot auf meine Lippen, versenke meine Beine in einem Paar schwarzer Stiefel und zerre die Lederjacke vom Haken, bevor ich über zwei Ecken Kopfsteinpflaster ans Ziel rolle.

MMM

Durch die Tür schlägt mir die ganze Heftigkeit der Nacht entgegen. Franz sitzt am Tresen. Auf seinem Rücken klafft vor Hitze schon ein nasses Oval. Boris lehnt an der Bar, seinen festen Arm um K. geschlungen. Alle drei fahren von dem Luftzug herum und ich blicke in ungeduldige Gesichter. Ich bin wirklich zu spät. In einem Wurmloch ohne Zeitregime pünktlich sein zu sollen, ist verwirrend.

Obwohl heute Feiertag ist, ist der Laden endlos leer. Worte wie Wochenende, Feierabend, Feiertag haben für uns ihre Bedeutung eingebüßt, funktionieren nicht einmal mehr als Platzhalter. Wir brauchen keinen Grund zum Feiern und Katharsis hat hier niemand nötig.

K. nippt an ihrer Biertulpe, die einzige Blume hier. Wie ich ist sie aus Süddeutschland und eigentlich zu jung, um hier zu sein. Ihr Körper ist fest und ihre Wangen strotzen noch vor Hyaluronsäure. Aus ihren kleinen braunen Augen kullert ländliche Naivität und ihre hängenden Schultern zeugen von bayerischem Überdruss. Ihr voller Busen quillt über den Rand ihres weißen Secondhandbodys und säumt den Übergang zu ihren Achseln in einer beeindruckenden Wulst. Mit ihrem schönen, kindlichen Gesicht sieht sie aus wie eine appetitliche, barocke Putte.

»Da bist du endlich, hi«, gnatzt Boris mir mit seinem bulgarischen Kratzen entgegen, greift nach meiner Tasche und schlurft Richtung Mischpult.

»Danke, Boris.«

Der Barkeeper dreht Arthur Russell auf. Ich versuche, seine Aufmerksamkeit mit einem Mädchenlächeln und schräggelegtem Kopf auf mich zu ziehen. »Einen Wodka Soda bitte.« Blinzel, blinzel. Ich kenne ihn, er findet mich unangenehm intensiv auf eine oberflächliche Art. Er macht Musik, irgendwas mit Singer-Songwriter. Seine Musik soll tiefe Emotionen ausdrücken. Klares, etabliertes Gefühl, dessen Vertracktheit sich erst nach einer gewissen Zeit zeigt. So was wie echte Liebe. (Langeweile und Alltag in Beziehungen, Einsamkeit, Unmöglichkeit echter Nähe, Disharmonie, schleichendes Entlieben, alles Dinge, zu denen ich gerade keinen Zugang habe.)

K. blickt vorwurfsvoll zu mir hoch. Auf ihrem runden Kopf sitzt das glatte, schwarze Haar wie ein Helm aus Schellack.

»Du bist zu spät. Fang endlich an.«

Ich bin zu gelassen, um mich über ihren arroganten Tonfall zu ärgern, und schiebe ihn auf die acht Jahre, die zwischen uns liegen. Beim Auflegen in einem derart abgeranzten Laden mit wenig Publikum bekomme ich immer so ein filziges Bauchgefühl. Ich kenne fast alle hier, das macht mich nervös. Die unbekannten Gesichter sehen zwischen meinen Freunden noch abstruser aus – ein einziger stumpfer Kiesel auf dem Teer tut mehr weh an den nackten Sohlen als ein ganzer Weg Streukies. Mir ist schlecht. Ich hoffe, der Wodka hilft. Die Zigarette jedenfalls nicht.

Das Podest und das Sperrholz, das das DJ-Pult umzäunt, verschaffen mir Sicherheit und Überblick. Panther fühlen sich ja auf dem Steinhaufen am höchsten Punkt des Geheges auch am wohlsten. Beobachten, mitschwingen, Hunger bekommen.

Ich lege die Nadel aufs Schwarz.

Fad Gadget *Coitus interruptus*, Industrial Metal, Electro von 1980. Dann Alexander Arpeggio – *Streng Geheim* und Kris Baha – *Autora.*

J., meine beste Freundin, kommt wie immer gnadenlos zu spät. Jedes Mal noch ein bisschen später. Mittlerweile ist der Laden voll. Angekündigt wird sie von ihrem Windhund, der wie ein gelber Blitz aus der Kälte in den Raum schießt und auf die Matratze springt, als wäre es sein *Moment to shine.* Easyjet, das kleine, räudige Starlet, das sich glücklich den Dreck ins Fell reibt, es sich auf dem schmutzigen Fetzen gemütlich macht, erwartungsvoll in die Runde blickt und sich die Pfoten leckt, ist J.s minima moralia, ihr Winz-Ego, das ihrer Präsenz den Teppich ausrollt.

Die Tür knallt ins Schloss und J., meine langbeinige Gottesanbeterin, die postmoderne Hexe betritt schlendernd die Bühne. Ihre winzige Tasche baumelt an ihrem dünnen Arm, sie pfeift Easyjet zurück und macht ihn an der glitzernden Leine fest, ihr orangefarbener Mantel schleift im Dreck. Von ihrem Kopf zwirbeln blonde Locken in alle Richtungen. Die Dauerwelle (die sie seit ein paar Wochen trägt und die sie sich trotz Einspruchs ihrer Freunde und aller Verweise auf eventuelle Zonengabianklänge bei dem Look nicht hatte ausreden lassen) ist Synonym für ihren sprühenden Geist, ihr wunderschönes Hirn, aus dem die scharfen Gedanken blitzschnell in Assoziationsschleifen nur so heraussprudeln. Ihr Lippenstift ist pink, ihr Blick fordernd und die Augen immer ein klein wenig starr, weil sie die Brille nicht trägt, die sie eigentlich braucht. J. kennt sie alle. Sie ist ein Monster an Netzwerk, das sie wie ein Accessoire mit sich herumträgt. Immer hat sie irgendjemand Unbekannten im Schlepptau. Heute ist es Torn Pecker Schmuck. Sie nennt ihn so. Eigentlich heißt er Lars.

Debiler Drang von Black Spider Clan.

Ich hab Lust auf Dummheiten. Das belgische Bier tut seine Wirkung. Latente Gier. Man kann es noch nicht tanzen nennen. Bisher ist es ein geschäftiges Schwärmen zwischen Bar und Tanzfläche, alles schwingt sich ein und organisiert sich langsam unbewusst zur Formation. *Horizon* von Roberto Auser ist das Lied, das man spielt, um alle nach vorne zu holen. Auch die Letzten rutschen jetzt von den Bänken und werden Teil des Gewimmels.

Zwischen den wippenden Körpern verschwindet J.s Lockenmähne im Nebel. Es fängt an zu krisseln, rauscht an den Rändern, der Sound übersteuert ganz leicht, die Silhouetten bäumen sich auf, sinken ab, lösen sich, werden wieder Teil. Rausch beginnt immer ein bisschen banal. Einzelne Glieder ranken nach oben, noch etwas unbeholfen, bis die Musik sie greift. Dann versinkt alles in ihr. *Liminals* heißt das Video von Jeremy Shaw, in dem er die spirituellen *gatherings* der 70er mit den hedonistischen Subkulturen der Gegenwart zu einer verstörenden Vision von Bewegung zusammenführt. *Dance-Induced-Sci-Fi Dystopia* nennt er das. In einer Sequenz sich langsam verschaltender Schwarz-Weiß-Aufnahmen verbeißen sich vor Ekstase verzerrte Gesichter ineinander. Ihr Ausdruck schmilzt im Zeitraffer von einer Bewegung in die nächste. Die Zuckungen sind entschleunigt, die Kamera fängt jede noch so winzige Verschiebung ein. Jede Sekunde kristallisiert auf der Bildoberfläche, wird skulptural wie Magma, das erhärtet. Manufaktur des Rauschs.

A sane sense of calm disintegration, it feels like we are almost getting somewhere, that's essentially almost itself.

Der nächste Track treibt an, die Körper ziehen mit. *Peaceful Panic* von Identified Patient & Sophie du Palais. Was hier passiert, ist Alchemie. Die Musik, der Raum, die Bewegung, die Körper, alles wächst zusammen, irgendwo im Dazwischen von analog und digital.

Ich sehe nur zu. Vielleicht vergehen Stunden oder nur Minuten. Bis ich spüre, dass es nicht mehr weitergeht. Dann kommt *Phase One* von Black Merlin.

Die Melodie ist ausgehebelt. Und dann ist da nur noch eine Stimme, mit der alle rufen.

M M M

Um vier schaut die Nadel schon in die Auslaufrillen der Platte, als ich »Vorbei!« rufe und die linke Hand über meinen Kopf hebe. Die Leute grölen. Ich bin besoffen. K. hat mich die ganze Zeit mit Bier und Wodka Soda versorgt. Ohne Eis passt viel ins Glas. Hinter dem Pult merkt man nicht, wie betrunken man wird oder ist. Wodka fährt verzögert ein. Ich dränge an die Bar vor und atme tief aus. Auflegen wirkt bei mir wie eine Überdosis Kaffee, ich bin gleichzeitig aufgekratzt und unendlich müde. Schlecht ist mir immer noch.

Der gewaltige Arm, der sich immer wieder rechts in mein Blickfeld schiebt, will mir wahrscheinlich signalisieren, dass der Glatzkopf im karierten Velourhemd neben mir Interaktion haben will. Ich stecke mir eine Zigarette an und sehe zu ihm hoch. Sanfter Blick, kleine Lachfalten. »Woher kennst du J., hast du sie nicht gerade begrüßt?« Er stinkt nicht und heißt Gustav, ist älter, ein bisschen seltsam. Die akute Sozialfähigkeit, die sich in seiner prompten Reaktion äußert, hat er wahrscheinlich dem Alkohol zu verdanken. Die Antwort kommt sofort und ein bisschen holprig.

»J.? Sie ist Künstlerin. Bist du auch Künstlerin? Oder nur DJane?«

Nur DJane. »Ich bin auch Künstlerin, ja.«

Gustav spricht über seine Arbeit. Ich kenne sie schon, jeder kennt sie. In unserer Blase ist er als Mitbegründer der Post-Internet-Art – ein Trend, der Hochglanzoberflächen, die ein bisschen nach My-Little-Pony-Technokratie aussehen, mit sehr komplizierten Inhalten rechtfertigt – relativ bekannt. Seine Arbeiten verkauft er zu Preisen, die für mich, selbst am Anfang, als sich das, was ich da tat, noch wie der Beginn einer Karriere anfühlte, utopisch waren. In meinem Fall war das Ganze so etwas wie eine Scheinschwangerschaft. Alles fiel genauso schnell in sich zusammen, wie es sich aufgeblasen hatte. Vielleicht, weil die Konjunktur des Marktes so instabil ist wie die Schwärmerei der Galeristen für 22-jährige Künstlerinnen. Vielleicht, weil ich nicht so mitgemacht habe, wie es von mir erwartet wurde. Im Gegensatz zu mir ist Gustav eine dauerträchtige Gebärmaschine. Ein Goldkind nach dem anderen bringt er zur Welt. Bereits vor der offiziellen Eröffnung sind alle seine Ausstellungen immer ausverkauft. *The Great Loop Forward*. Und das schon seit Jahren.

Mit Emphase presst Gustav seine Lider fest zusammen und zieht die Augenbrauen hoch, während er mir erklärt, dass er als Konzeptkünstler mit der Transformation von Information arbeitet. Ich erzähle ihm von meiner Transformation von Information in der Musik. Ich bin mir nicht sicher, ob er das versteht. Es ist mir schon oft aufgefallen, dass männliche Künstler sehr viel von sich selbst und sehr wenig von allem anderen verstehen. Vielleicht ist das Selbstermächtigung im Zuge des Geniekults: das ganze Pathos, mit dem das Versunkensein in der Materie und die Informationsselektion – die das freie Denken überhaupt erst ermöglicht – beschrieben wird und der aus Fachidioten geniale Nerds macht.

Ich will mich in ihm täuschen, hoffe, sein Nicken bedeutet, dass er die Idee verstanden hat. Schließlich ist sein Ansatz meinem nicht so fern, und er arbeitet mit künstlicher Intelligenz. Vielleicht ist er einfach unsicher und liebenswerter, als seine schmalen, wackelnden Lippen vermuten lassen. Wir trinken und rauchen. Strahlend erzählt er von seiner Frau, mit der er seit neun Jahren verheiratet ist und mit der er eine sechsjährige Tochter hat. Ich sehe ihn ungläubig an.

»Wie machst du das?«

Für eine Frau, die seit Jahren Teil der Kunstszene ist, in der jede Form von Beziehung mit gut manikürten Fingern zu Staub zerrieben wird, klingt dieses Modell nach Wahnsinn oder Lüge.

Gustav ist viel unterwegs, außerdem ist er die Inkarnation der wildesten Hochschlaffantasie jeder erfolgshungrigen Künstlerin. Nicht zu vergessen die aufpolierten Sammlergattinnen. Der ganze erotisierte Zoo schreit nach Totalzerfickung aller stabilen Lebensmodelle.

Ich frage mich, was er hier sucht. Das hier ist ein ehrlicher Ort, den niemand wegen guter Drinks oder der ausgefallenen Gesellschaft besucht. Auch nicht wegen der schönen Frauen. Man kommt wegen der Musik. Für mich ist er auch ein Rückzugsort von der Kunstszene, in der alles schmalziges Erzeugen von Intensität auf der Jagd nach der nächsten Einzelausstellung, den Hinterzimmern, der halbwegs guten Rezension ist.

»Wir sind frei und lassen uns alle Freiheit«, erklärt Gustav. Er wird ein bisschen nervös. Ich ziehe an seinem Velour und blicke ihm ins Gesicht: »Dann komm mit auf Toilette, ich blas dir einen.«

Auf seiner blanken, eichelartigen Glatze quillen sofort kleine Schweißperlen und bahnen sich ihren Weg über seine von dem ganzen Augenbrauen-Hochziehen knittrig gewordene Stirn.

»So frei ist es nicht.«

Er schaut abwechselnd mich und sein leeres Glas an und stammelt weiter. Dann fragt er nach meiner E-Mail-Adresse. Es ist so klar, dass er zu nerdy ist, um nach meiner Nummer zu fragen oder Kontaktdaten in irgendeinem anderen sozialen Medium. Ich kann ihm das Angebot gerne nochmal per E-Mail schicken. Mit automatisierter Signatur. Er zieht seine Jacke über das Karomuster, sagt, er müsse jetzt gehen, fliege morgen nach Amsterdam. Er legt zehn Euro auf den Tisch und verlässt den Laden. Der Korb ist mir egal, solange er mich ein bisschen gespürt hat. Das reicht.

Jetzt hocke ich allein am Tresen. K. sitzt am anderen Ende der Bar. Das gleißende Weiß ihres Laptops, in den sie starrt, um das nächste Lied auszusuchen, wirft dunkle Flächen in ihr ebenmäßiges Gesicht. Nach den Sets der geladenen DJs lässt ihr Bruder sie vom Tresen aus auflegen und ihre Lieblingslieder spielen. Sie streicht sich das Haar hinters Ohr, richtet sich wieder auf, zufrieden mit der Wahl des nächsten Songs, leert ihr Glas, nur um es sofort auf den Tresen zu stellen und dem Barkeeper zu signalisieren, dass er es wieder füllen soll.

Dafür, dass sie diesem Laden und dem Rauch hier selten entkommt, ist sie schon verwunderlich schön. Sie entdeckt mich und winkt mich lächelnd zu ihr. Wir trinken aus ihrer Tulpe. Ich habe schon eine ganz malzig stumpfe Zunge und leichte Einschränkungen, was meine Wahrnehmung und Urteilsfähigkeit angeht, der Abend muss trotzdem irgendwie abgerundet werden. K.s Porzellangesicht wirkt im Gegensatz zu den anderen hier so verdammt ausgeruht und gut durchblutet. Die Haut, die sich straff über ihre aufgerichteten, prallen Brüste spannt, glänzt. Es dauert nicht lange und wir küssen uns. Sie spielt lange Songs. Tapeaufnahmen, 20 Minuten. Ich ziehe sie auf die Toilette und stecke meine Hand in ihre Hose, ein wenig später mein Gesicht zwischen ihre Beine. Die folgenden drei Tracks laufen einfach durch. Nach dem nächsten Liedwechsel bringt sie Boris mit. Er küsst mich gierig, der Stoff seiner abgewetzten Jeansjacke schrubbt über meine Haut, während er seine Hand in meinen Haaren vergräbt. Sofort klebt sein Geruch an mir. Es funktioniert richtig gut. Es ist dynamisch, eingespielt, die Berührungen sind sicher und fühlen sich nicht nach einem ersten Mal an. Ich erlebe das öfter mit Paaren, die einen einfach mittragen in ihrem Rhythmus, man darf nur nicht widerspenstig sein, muss sich einlassen, den Rhythmus verstehen, bevor man zupackt und zu dirigieren beginnen kann. Dann fühlt es sich an, als würde man binnen Minuten ein neues Instrument in Perfektion beherrschen.

Wir spielen einen ungarischen Tanz.

Geführt von Boris' sonorem Stöhnen, windet sich K.s wendiger Körper um meinen, während sich meine Finger um Boris' Schwanz schließen. Es ist nicht vulgär. In der Intensität ist es fast züchtig, wie eine rahmende Struktur, eine Partitur, ein Gemälde von Vermeer.

Meer

Ich bin die Lautenspielerin.

Diese Nähe, die auf einmal da ist, ist ein intimes Eingeständnis von Anziehung, keine künstliche Aufladung, sondern Umsetzen geteilter Erwartungen. Es ist zur Hälfte Sex und zur Hälfte eine Idee. Der Akt, das Ficken selbst, ist das Ausmalen der Erwartung. Die weißen Fliesen, der

Pissegeruch, der nasse Boden aquarellieren. Die beiden sind ekstatisch, weil sie sich das so vorgestellt haben. Ich nicht. Ich will die Situation einfach mitnehmen. Wissen, was passiert, wie es endet, wo wir landen, und ob da noch etwas Unerwartetes kommt. Ich bin fast mechanisch. Ein Programm, das sich selbst beibringt, soziale Kompatibilität in Datenpools sexueller Erfahrung einzuspeisen, aus denen neues Verhalten konfiguriert wird, eine Ressource für die Optimierung künstlicher Intelligenz. Der Algorithmus scheint mir ziemlich einfach zu sein.

K. muss das nächste Lied auflegen und verlässt die Toilette.

Irgendwas in Boris' Augen sagt mir, dass er mich braucht. Ich fühle mich wie das Werkzeug einer höheren Macht. Ich ziehe seinen Hosenbund weiter nach unten und halte seinen Schwanz mit einer Hand fest. Die andere Hand steck ich ihm erst in den Mund, dann in seinen Arsch.

Seine Augen schauen mich nass und klar an. Boris sieht erlöst aus. Ich gebe seinem Schwanz eine Ohrfeige und halte ihn wieder fest. Ich ohrfeige ihn noch mal, schlage ihn von beiden Seiten. Boris stöhnt erregt auf und guckt verliebt.

Ich ziehe meine Hand langsam nach vorne. Halte sein Ding noch mal mit beiden Händen und höre auf. Jemand kratzt an der verschlossenen Toilettentür, ich schließe auf, zucke im Vorbeigehen mit den Schultern, wasche mir die Hand und mein Gesicht und setze mich wieder an die Bar.

Ich schmunzle. K. hat Koks aufgetrieben. Sie zeigt mir die Eppendorfer Tube wie ein Schulkind eine geklaute Süßigkeit. Ich ziehe meinen Hausschlüssel aus der Hosentasche und biete ihr die Spitze unterm Tresen an.

Die Luft ist stickig, es riecht nach Schwanz, das bin wahrscheinlich ich. Franz setzt sich neben mich und kippelt auf dem Barhocker hin und her. Zwischen den schwarzen Locken glimmt eine selbstgedrehte Zigarette. Auf seinem Unterarm ein Tattoo – eine Schlange, die sich selbst in den Schwanz beißt. »Erinnert mich an mich«, raune ich ihm zu und lächle ihn an. Er schaut mich an und lächelt zurück. Ihn will ich auch haben: als Trophäe, als Zeichen des Triumphs über das Risiko. Ein Initiationsritual für meinen Bund der jagenden Gejagten. Vom Neophyten zum Mann. Er ist Katholik und das hier ist meine Bar Mizwa. Ich schaue ihn an und nehme seine Hand.

Wir gehen aufs Klo.

Franz wird schnell hart und ich werde langsamer. Ich baue mich vor ihm auf und erkläre ihm, dass wir jetzt aufhören sollten, wenn er nicht mehr an mich denken will. Dann muss er auch kein Schuldgefühl haben, weil er doch eine Freundin hat. Er hält mich entgeistert an den Oberarmen fest, starrt mir in die Augen, bittet mich weiterzumachen.

Er kommt in meinen Mund und auf meine schwarze Jeans. Ich wische mir über das Gesicht und verlasse die Toilette, um wieder bei K. zu sitzen und ihre Musik zu hören: *Amour Fantôme* von Sapho. Sie schüttelt fassungslos den Kopf, als ich auf sie zulaufe.

»Ist das Sperma an deiner Hose?«

»Ja.«

»Ist es von Boris?«

Ich lache los, setze mich hin und sage: »Nein.« K. schaut entsetzt, Boris übermütig in meine Richtung.

Wir atmen kurz durch. Boris vertieft sich in ein Gespräch mit dem Underground-Resistance-Shirt, das sich mit seinem beeindruckenden Bizeps an der Bar abstützt. Nach einer Weile lacht er auf und tippelt zu mir herüber. Dave, so heißt das Shirt, würde das auch gerne tun, was wir da gerade getan haben. Es folgt eine kurze Diskussion zwischen den dreien, die darüber spekulieren, wie das denn theoretisch aussehen könnte. »Dann lass uns doch alle rüber zu uns in den Laden und noch ne Line ziehen«, lechzt K. auf Koks im völligen Erlebnisrausch. Ich verstehe die Aufregung nicht. Ich habe keine Lust mit Dave zu schlafen, aber er kann zuschauen. Wir gehen.

Boris wohnt in seinem Laden. Vorne stapeln sich Platten, aufgerissene Kisten, Teetassen, Flaschen und Aschenbecher. Hinten ist K.s und sein Schlafzimmer. Es riecht nach Hund und nach Duftbaum. K. sitzt oben ohne auf der Couch und zerkleinert das Koks.

Dave trägt nur seine weißen Turnschuhe und seinen weißen Körper. So sieht es mehr nach *Big Brother* aus als nach Orgie. Boris und ich sitzen angezogen auf dem Boden, legen Platten auf, reden. Von dem, was sich alle vorgestellt hatten, passiert nichts. Ich habe keine Lust, Gruppensex-Babysitter zu sein, vor allem nicht, wenn es dabei nur um mich geht. Ich verschwinde nach hinten, lasse mich aufs Bett fallen.

Was will ich hier? Das mit dem Wollen ist so vertrackt. Kann man sich allen Ernstes die Frage stellen, ob von allen immer nur gewollt werden wollen, wollen sein kann? Selbst wenn ich jetzt ganz laut sage, dass ich will, dass das hier mein Wollen ist, dann passiert das als Reaktion auf einen Mangel. Ich habe die Opposition aufgegeben. Ich bin ausgetreten. Ich will nicht mehr wollen. Ich will, in all seiner Unmöglichkeit.

Gerade weiß ich, dass ich nicht mehr will.

K. legt sich neben mich. Sie fasst mich nicht an und ist auch nicht müde, aber ich glaube, dass ihr das auch zu viel war und sie nicht wollte, dass ich am Ende in der Mitte liege.

Das ist der Moment, an den man nicht gedacht hat, als man mit Dreiern und Orgien liebäugelte. Es ist ja irgendwie Irrsinn zu glauben, man könnte sich ganz freimachen. Denn auf einmal ist sie da, die Zärtlichkeit in der Berührung, die Sympathie für die feinen Härchen, die Hingerissenheit. Du siehst dir dabei zu, wie du wegsiehst. Postsexuellen Sex gibt es nicht.

Boris kommt ins Schlafzimmer. Sein Schwanz ist steif und es sieht so aus, als wolle er mich motivieren. Er legt sich neben mich auf die andere Seite, obwohl da fast kein Platz ist, drängt sich an mich und ignoriert

K.s Wunsch, das Ganze zu lassen. Er versucht, mit mir Blickkontakt zu halten. Ich inszeniere etwas ungeschickt meinen Schlaf und öffne ab und an die Lider. Er stupst mich mit seinem Teil am Schenkel an. Das machen alle Männer, die realisiert haben, dass die Frau keine Lust hat oder zu müde ist, um Sex zu haben. Wie ein Streber, der verzweifelt mit dem Finger schnipst.

Die Lehrerin wendet sich ab.

Wir schlafen.

MMM

Ich wache früh auf und nutze die Verschlafenheit der anderen, um zwischen den Körpern unten aus dem Bett zu rutschen, klaue mir eine Unterhose und ein T-Shirt von K. Dave liegt auf dem Boden neben dem Doppelbett. Er ist nackt. Es ist irgendwie erbärmlich.

Als ich den Schlüssel umdrehe, um aus dem Laden zu kommen, spüre ich K.s Hand auf meiner Schulter.

»Is noch was?«

Ich streichle ihr über die Wange, sie sieht müde und jung aus wie ein Welpe.

»Können wir das nochmal machen? Vielleicht ohne Dave, weißt du, was du da machst, Boris will das. Ich hab mit ihm schon mal darüber gesprochen, dass er jemanden dabeihaben möchte, der es so macht wie du. Er hat mir einen Dildo geschenkt. Ich hab ihn in der Bettritze gefunden, total dreckig. Er hat ihn selbst benutzt, glaube ich. Treffen wir uns wieder?«

Ich schüttle den Kopf.

MMM

Mein Kater lässt alles anstrengend und laut sein. Die Plattentasche schneidet in meine Schulter, das Poltern auf dem Asphalt hämmert monoton gegen meinen Schädel. Die kalte Luft und das grelle Grau tun gut. Ich bereue nicht, den Sex nicht durchgezogen zu haben. Nicht weil ich mich sonst schmutziger fühlen würde, sondern weil ich schon bekommen hatte, was ich wollte.

Die Scham wirst du nicht so einfach los. Die Gier übersteigt den Stolz nicht und die Erziehung jedes guten deutsch-christlichen Haushalts lehrt uns, dass der eigene Körper unantastbar ist und einer sakralen Pflege bedarf.

Self Care. Du kratzt dir die Hautschuppen aus deinen Fingernägeln, leckst dir das Fell weich, damit du bessere Beute, wirst und trägst die Verantwortung, wenn du dich schmutzig gemacht hast.

Wie macht man sich schmutzig? Mit dem Sex, der Penetration, der Befruchtung? Für was genau muss man Beichte ablegen? Vielleicht kommt das Schamgefühl mit dem Lustempfinden oder dem Orgasmus, der oft sowieso ausbleibt? Oder durch den Mangel an Lust, die man empfinden sollte, weil nicht zu genießen Widerspruch heißt. Wenn du es trotzdem tust, obwohl du weißt, dass du es nicht willst. Weil du deiner eigenen Geschichte nicht widersprechen kannst. Die Scham schafft Sicherheit. Der Ekel, der dir die Schenkel hochkriecht, wenn diese Finger zum ersten Mal unter das angeschwitzte Nylon deiner Leggings fahren. Der Cassisgeschmack auf der Zunge, die sich aus dem Morgenbieratem herauslöst und deinen vom Ibuprofen pelzigen Mund erkundet. Das getrocknete Sperma auf dem hellgelben Laminat, der feuchtwarme, fremde Geruch an deinen Handflächen. Dieser Moment war für mich immer einer der wenigen, in denen ich das Gefühl hatte, bei mir zu sein.

Die Scham, die Gier, die Angst gehören zu einem Skript, das für mich geschrieben wurde. Wackelige Kulissen, schlecht sitzende Perücken, fettige Schminke pappt tief in großen Poren, während das Dudeln der Loungemusik dein Stöhnen dämpft. Es hat lange gedauert zu verstehen, dass ich selbst in diesem Stück keine Rolle spiele.

2. ANSUCHEN

Es klingelt. Ich stehe gähnend vor der Herdplatte, warte, bis der Kaffee hochkocht, und reibe mir dabei das Gesicht, um es aufzuwecken. Mein Hirn läuft schmalgradig. Sprechen ist noch undenkbar. Wahrscheinlich ist es die alte Frau, die in regelmäßigen Abständen den Müll im Hinterhof durchsucht, wonach, weiß ich nicht.

Ich drücke den Türöffner der Gegensprechanlage und gehe zum Fenster, um die Mülltonnen zu beobachten.

Freitag, morgens um halb 10. Wie ein Tier im Käfig.

Hinter dem Doppelglas kann uns nichts passieren.

Aber die Anwesenheit des Elends und die verwaisten Sperrholzküchenschränke, die in den matschigen Inseln um die spärliche Straßenbepflanzung schwimmen, sind tolle Kulissen für weißkörnige Schnappschüsse von Beinen mit Kritzeltattoos. In Seidenpapier geschlagen trudeln die Kompaktkameras mit der Post aus Bad Kissingen in der Hauptstadt ein, Ebay sei Dank.

Die alte Frau weiß von all dem nichts, und mir ist die Empathie für sie und die totale Verwüstung des Hinterhofs, die sie mit ihrem traurig-routinierten Gestochere hinterlässt, abhandengekommen.

Das Küchenradio ist auf einen indischen Sender gestellt. Ich mag es, wenn jemand über Dinge, die ich nicht verstehen will, in einer Sprache spricht, die ich nicht verstehen kann. Bollywood handelt von solchen Dingen, dem romantisch-hysterischen Zelebrieren des Schicksals, verrückter Liebe, Endlosigkeit, Herzschmerz bis zum Tod und alles in einem Tanz vergessen.

Mein Unterleib schmerzt. Ich drücke Becken und Schenkel gegen die Heizung und versuche mich aufzuwärmen. In dieser Jahreszeit steigt die Kälte schon langsam vom Boden auf.

Der Heizkörper ist nicht wirklich befriedigend warm. Er hat genau die klägliche Temperatur, bei der weder die Wärme des Wassers noch die Kälte des Metalls überwiegt.

Statt des Stocherns ihrer Farbrolle oder des kaputten Regenschirms im Müll höre ich Schritte im Treppenhaus. Es klopft. Vielleicht ist es die GEZ, DHL, der Stromableser, oder irgendeine andere Instanz, die sich vergessen fühlt und etwas von mir will. Weil der Postbote weiß, dass ich die Einzige bin, die immer zu Hause ist, und ich seinem beschämend insistierenden Blick so schlecht widerstehen kann, übe ich mein Verweigerungsgesicht, bevor ich aufmache. Das hilft gegen das Gewinnerlächeln der Greenpeace-Botschafter auf dem Ku'damm genauso gut wie gegen Pakete vom Nachbarn. Ich verharre zehn Sekunden mit zusammengepressten Lippen und ohne einzuatmen, bevor ich energisch die Tür aufreiße.

Vor der Tür steht K..

K. mit Koffer.

Ein bisschen verquetscht und verquollen.

Sie zwingt ihre Mundwinkel nach unten.

»Oh Gott.«

»Kann ich bei dir wohnen erst mal? Hab Boris verlassen.«

Sie drückt sich an mir vorbei, stellt ihren Koffer in der Tür ab und plumpst auf einen der Küchenstühle.

»Ja, klar.«

Irgendwie traurig, dass sie offenbar niemanden hat, der ihr nähersteht als ich.

»Tee?«

»Kaffee mit Milch und Zucker. Fuck, er ist so ein krasser Idiot. Hätte ich nur studiert oder gearbeitet, nein, ich hab alles gemacht, die Wohnung eingerichtet, seinen Scheißladen am Laufen gehalten, und nichts, keine Kinder, keine Ehe, nichts. Nichts kam dabei raus.«

Sie schreit fast. Ich schiebe ihr eine Tasse zu und versuche dabei so auszusehen wie die Frauen, die mit ihren Freundinnen in den Frühstückscafés auf der Akazienstraße sitzen. Die schauen ernst in ihren Milchkaffee und nicken. Bis drei zählen, nicken. Das mache ich sieben Mal hintereinander, während K.s schrilles Staccato gegen meinen Schädel trommelt. Es hört nicht auf. Wie kann man so schnell so viel sagen?

»K., mach mal 'nen Punkt. Du bist 24.«

Sie bricht ab und starrt auf eine Stelle oberhalb meiner Augenbrauen. In ihrem Blick ist immer so etwas Entsetztes. Sie ist aufmerksam, seismografisch auf der Suche nach der negativen Essenz der Worte des anderen. Ich will es wiedergutmachen und irgendetwas Tröstendes sagen. Etwas, das nicht so klingt wie die Motivationssprüche, die einem ein Teddybär von einer dieser elektronischen *Get Well Soon*-Karten, die man früher umsonst über seinen Webmailaccount verschicken konnte, auf einem pixeligen Herz entgegenstreckt.

»Meine Mutter hat immer gesagt, dass es für eine Frau das Wichtigste ist, an ihrer Beziehung zu arbeiten.«

K. scharrt mit ihrem Fuß auf dem Boden und fragt, ob es okay ist, wenn sie jetzt einkaufen geht.

Sie will was für mich kochen. Ich sage, dass ich ihr das Bett frisch beziehe, dass ich nachher noch Besuch bekomme, der aber gegen Abend wieder weg ist, drücke ihr die Wohnungsschlüssel in die Hand, zwinge mich in Richtung Schreibtisch und warte auf das Knallen der Tür.

Ich klappe den Laptop auf. 2887 ungelesene Mails. Den Gedanken, dass die eine Mail, die mein Leben verändert hätte, wenn ich sie nur geöffnet hätte, irgendwo unter diesen blauen Punkten schlummern könnte, verdränge ich jedes Mal, wenn ich das Programm öffne. Die Mail ganz oben ist von Philipp. Philipp fragt wieder irgendetwas zu der Ausstellung, die ich in seinem Projektraum machen soll. Bezahlen kann er nichts. Dafür darf ich machen, was ich will.

Diesmal geht es um die Sache mit dem Nagelstudio. In Lichtenberg gibt es einen Ort, das Don Xuan Center, eine Vorhölle aus Containerbauten, in denen sich vietnamesische Läden dicht aneinanderreihen. Es gibt vier Storekonzepte: Nagelstudiozubehör, T-Shirts mit Prints von halbnackten Fantasy-Amazonen und Nagelstudiozubehör,

Plastikblumen und Nagelstudiozubehör und Einrichtungsgegenstände (schillernde Toilettendeckel mit Schneetigern drauf) und Nagelstudiozubehör. Seit ein paar Jahren ist das Center Pilgerstätte für nach Insta-Input dürstende Zugezogene, die sich mit ihren Nike-Huaraches zwischen die Plastikblumen drängeln und versuchen, sich mit schuldbewusstem Lächeln an den immer leicht verärgerten Ladenbesitzern vorbeizuschleichen, um sich möglichst beiläufig zwischen den Polyesterbergen zu inszenieren. Exotismus 2.0. Da bringt auch das beim Jasminteekauf über den Tresen geplänkelte »Super, vielen Dank« nichts.

Vor ein paar Monaten hat ein in die Gasflamme unter dem Pho-Kochtopf gefallener Küchenhandschuh zu einem Großbrand geführt, der die gesamte Plastikbiomasse in Containerhalle 4 in ein schwarz gähnendes Loch schmolz.

Gelnägel haben nur AfD wählende Prolls aus Reinickendorf. Wir tragen den Look krass subversiv und machen Wochenendexkursionen in das *Heart of Darkness* des Dienstleistungssektors am Rande von Lichtenberg.

Ich mag die Vorstellung, dass Kunstszenemenschen bei der Ausstellungseröffnung auf viel zu niedrigen, mit türkisem Stoff bespannten Plastikhockern kauern müssen, um sich in der weißen Zelle des Ausstellungsraums von nur durch den Mundschutz und die 40 Zentimeter des klinisch weißen Behandlungstischs getrennten vietnamesischen Nageldesignerinnen die Nägel machen zu lassen.

Als Motive für die Nageldesigns wären mir am liebsten Miniatur-Malereien, Straßenszenen aus Hanoi als Gelgemälde, folkloristisch aufgeladenes Kunsthandwerk, das mit Vietnam so wenig zu tun hat wie die Thom-Ka-Brühe in dem Fusion-Kitchen-Pop-Up-Restaurant auf der Torstraße. Mir gefällt die Scham, die in der Offensichtlichkeit erzeugt wird. Dass die Unmöglichkeit von Kommunikation, die Inszenierung der unüberbrückbaren Kluft zwischen den Protagonisten, bis an die Grenze zur Geschmacklosigkeit getrieben, unwillkürlich und schmerzhaft peinlich wird. Man muss die Dinge beim Namen nennen. Alles andere ist überhöhendes Herumgestöpsel, das keiner braucht. Zur Zeit feiern alle die *Rückkehr nach Reims*, Didier Eribon hat es tatsächlich geschafft, dass wir uns alle beim dritten Glas Crémant die tiefe Einsicht in unsere verstockten Bobo-Existenzen (mit Betonung auf dem zweiten »o«, bourgeois-bohémien, das kann ich jetzt auch mitwisserisch sagen) zuflüstern, als hätten wir es eigentlich immer gewusst, ganz tief drinnen, dass unsere geheuchelte Kumpelschaft mit dem Spätiverkäufer genauso widerlich ist wie unsere Political Correctness.

Deshalb: *Nail Art.*

Ich tippe ein paar Zeilen Konzept in meinen Computer, scrolle durch Onlineshops für Nagelstudiozubehör und schiebe im Sketch-Programm Massagestühle mit angeschlossener Fußbadapparatur durch den simulierten Ausstellungsraum.

Gelnägel müssen zur neuen Volkskunst erklärt werden. Ich will, dass das Acryl wochenlang an den manikürten Fingern der Prêt-à-porter behangenen Körper klebt, sich langsam abträgt, während die zarte, rosa Naht zwischen glitzerndem Gelmond und Nagelbett wächst. Eine entschleunigte Erinnerung an schnelle Kunst. Ein Souvenir. In ein paar hundert Jahren wird das dann im Zuge zunehmender Totalentfremdung im Volkskundemuseum neben den Makamen von Al-Hariri ausgestellt. Plastik hält für immer. Jedes Mal, wenn ich zur Biennale in Venedig nachts auf dem Weg zu irgendeiner Dinnerparty in den holzgetäfelten Hinterzimmern eines schiefen Palazzos, zu der ich mich selbst eingeladen habe, durch die modrig riechenden Gassen irre, denke ich an den nahenden Untergang der Stadt und an die ehrfürchtigen Gesichter der Zukunftsarchäologen aus dem Jahr 2527, wie sie behutsam den Kunstschatz, die Milliarden winzigen Plastikmasken und Schneekugelrelikte bergen, um sie im Global Metropolitan Museum of Art fein säuberlich in nummerierte Vitrinen zu sortieren.

Auf *prettynailshop24.de* gibt es für dieselbe Nagellackfarbe – es ist wirklich ein und dieselbe Farbe, irgendwas zwischen Pink und Rot – sechsunddreißig Namen: *Grande Dame, Miami Fever, Feel the Heat, Spring Breaker, Flamingo Fling, Casino Royal, Promiscuous, Lala Lover, Mrs. Subconscious (!), Pink Velvet* – und genauso weiter. Vielleicht ist das der farbige Feinstoff für die Korallenriffe, die irgendwann nach der Großgletscherschmelze das Polyethylen-Atlantis überwuchern.

Als ich genug von meinem Hirnkrampf und den ergonomischen Massagestuhlungetümen habe, räume ich ein bisschen in der Wohnung herum und sammle Socken auf.

K. kommt schwer beladen zurück, rumpelt ein paar Minuten in der Küche, um dann immer wieder zu mir hinüberzustampfen und mir bei dem, was ich da tue, zuzusehen. Wie ein gelangweiltes Kind steht sie in der Tür und beobachtet jede meiner Handbewegungen. Ob sie das bei Boris auch so gemacht hat? Männer lieben ja übertriebene Aufmerksamkeit.

K. arbeitet kaum und hat sehr viel Zeit. Sie hat ihr Kommunikationsdesignstudium abgebrochen (»wegen Boris«), um im Schlafzimmer Naturseifen herzustellen und (bis gestern) den Laden ihres Freundes aufzuräumen. Sie hat mir von ihren neuen Sorten Schoko-Orange und Vanille Lavendel erzählt. Vielleicht, damit ich ihr eine abkaufe.

Boris arbeitet auch von zu Hause aus. Er liegt meistens im Laden auf der kleinen Couch mit dem Laptop auf dem Bauch und wartet auf Kunden. Währenddessen liest er auf Reddit Einträge wie ASK ME ANYTHING. Politische Recherche, sagt K., um nicht Berufsprokrastination sagen zu müssen.

K. atmet tief aus und verschwindet aus dem Türrahmen. Als ich in die Küche komme, um die Socken in die Waschmaschine zu werfen, sitzt sie über ihr Skizzenbuch gebeugt am Tisch. Die Buntstifte hat sie fein säuberlich zu einer langen Reihe angeordnet.

»Was machst du?«

»Ich räume auf.«

»Und dann?«

»Dann muss ich arbeiten.«

»Und dann?«

»Dann kommt mein Besuch.«

»Wann wollen wir essen?«

»Um 8?«

Mein Besuch kommt zu früh. Rainer Schad. Rainer arbeitet in einer der renommierteren Galerien in Berlin, die ein halbwegs ambitioniertes politisches Programm fahren. Elaborierte Kapitalismuskritik rauscht auf Hantarex-Röhrenmonitoren durch die sterile Leere des brutalistischen Betonbaus. Immerhin ein bisschen besser als ein Großteil der diskursiv halbgar aufgeladenen Wohnzimmerkunst, die einem zwischen geizig ausgeschenktem Riesling unter die Nase gehalten wird.

Wäre ich jemand, der das Wort »keck« benutzt, dann würde ich das nur in Bezug auf Rainer tun. Mit seinen treuen Augen und seinem schelmischen Blick kann er seine Freude an der Kunst, die bei ihm echt ist, ganz gut vermitteln. Das hat er auch bei mir gemacht, um mir zu vermitteln, dass er es gerne hat, Muschis zu lecken und dafür den Schwanz gelutscht zu bekommen.

Ich ziehe ihn an K. vorbei und grinse. Mit hochgekrempelten Ärmeln und Schäler in der Hand hat sie schon angefangen, sich an den Gemüsebergen abzureagieren, und schaut uns misstrauisch nach, bis wir aus ihrem Blickfeld hinter der Tür verschwinden.

Rainer kann ich anrufen, wenn es mir schlecht geht, und er kommt brav vorbei. Zieht die Schuhe an der Tür aus, setzt sich beim Pinkeln hin und leckt mir brav stundenlang die Muschi. Dann steht er auf und freut sich. Lacht übers ganze Gesicht und fragt mich, ob ich ein wenig an seinem Ding nuckeln könnte. Den Lutscher muss man ihm kaufen, er war ja so artig, der Rainer. Im Zimmer fragt er mich sanft, ob es mir denn gut gehe, sagt, dass ich mich lange nicht gemeldet hätte, ob ich verreist war, dabei reibt er sich die Hände warm und knöpft meine Hose auf, während ich schon im Bett liege, noch mit einem Schluck Wasser im Mund herumspiele und »Mhm« murmle, nicke und den Hintern nach oben drücke, damit er mir die Hose ausziehen kann.

Ich mag Rainer. Seine Liebe zur Kunst wurde noch nicht vom Markt zerstört. Aus ihm schreit dieser grenzenlose Optimismus, die Getriebenheit, in der er sich immer wieder versichern muss, dass alles, wofür er arbeitet, etwas Großes, etwas Richtiges ist. Er grinst mich zwischen meinen Schenkeln an, rückt erst mich, meine Beine, dann sich zurecht und beginnt. Seine Zunge bewegt sich entschieden und langsam, als hätte er auf YouTube das Toolkit zur oralen Befriedigung studiert. Sein Mund ist wissbegierig, er prägt sich jede Bewegung ein, die mir gefällt. Das hat er sich vorgenommen.

Trippel, trippel,

K. trippelt den Gang auf und ab. An den Geräuschen versuche ich zu erahnen, was sie im Schilde führt. Ich höre das Schleifen des Koffers auf dem Parkett, heftiges Poltern, dann wackeln die Umrisse ihres Kopfes vor dem Strukturglas der Schlafzimmertür auf und ab. Ich fasse es nicht. Was zur Hölle macht sie da? Ich habe mir einen Sex-Grinch ins Haus geholt.

Rainers Mund macht das gut. Halb deliriös wandert mein Blick zwischen seiner von Schweißtropfen bekränzter Stirn und dem Schatten hinter dem Strukturglas hin und her. Ich bleibe irgendwo dazwischen kleben, blättere kurz in dem Sexkinokatalog irgendwo oben links in meinem Hypothalamus, den ich immer, wirklich immer abrufen kann, wenn mein Orgasmus trotz aller Mühe auf sich warten lässt, und gleite in die offensichtlichste aller Fantasien ab. Meine Muskeln werden langsam algig, mein Kopf dumpf und weich, während *Underwater Boy* von Virna Lindt in regelmäßigen Schüben in mein Ohr schwappt.

Das ist sehr, sehr gut.

Nach 20 Minuten lacht Rainer wieder und sein Köpfchen taucht zwischen meinen Beinen auf. Mein Orgasmus tropft ihm vom Kinn.

»Das hat dir gefallen, oder?«

Er erwidert nickend: »Ja, sehr.«

Ich rutsche seitlich von der Matratze.

»Na los, leg dich hin.«

Er zieht die Hosen runter und verschränkt die Arme hinter dem Kopf. Als hätte er das in einem Cowboy Film gesehen. Die Blaupause einer Pose, so echt wie der Sex mit ihm, so echt wie die kritischen Potenziale der Kunst, die er verkauft. Lucky Luke. Ein Leben in Sprechblasen und am Ende ist alles gut.

Ich lutsche ihm gerne den Schwanz. Ein sehr schöner Schwanz. Seine Eier sind prall und immer eng am Schaft.

Ich mag es, ihn zu lutschen, weil ich weiß, was er mag, und er seine Begeisterung mit seinem euphorisch nickenden Eichkatzgesicht so schön ausdrücken kann.

Insgesamt mag ich an allen Schwänzen, dass ich sie im Mund haben kann und dabei den anderen spüre, ohne ein Gefühl entwickeln zu müssen. Eine ganz einfache, ehrliche Verbindung. Der Schwanz ist das Klinkenkabel zwischen dem Sensorium meiner Mundhöhle und dem Nervenapparat, der am Schwanz dranhängt. Es fühlt sich für mich nie nach Dienstleistung an, sondern nach Altruismus. Ich bin ein Feeder. Ich kümmere mich gern um andere, um andere Schwänze vor allem, und Blasen ist ultimative Fürsorge.

Jeder Schwanz ist eine kleine Liebe. Eine aufrichtige Beziehung zu einem Geschlechtsteil. Das ist, als würde man mit jemandem reden, der einen versteht.

Rainers Sperma schmeckt gut. Seine Vorliebe für Cola und thailändisches Essen geben seiner Sahne eine erfrischende Ingwernote. Er mag es, wenn ich ihn so tief in den Mund stecke, dass ich gar nicht mehr schlucken muss, wenn er kommt, weil es mir direkt in den Hals spritzt. Dass ich den Schwanz so tief in den Mund stecken kann, habe ich dem Arzt zu verdanken, der mir mit zehn die Mandeln rausoperiert hat. In den 80ern war das gang und gäbe und vielleicht der Beginn der Domestizierung des Deep Throat – raus aus den Pornos und rein ins heimische Boxspringbett.

Verschwörung, denke ich manchmal.

K. schiebt mit einem Ruck die Schiebetüren zu meinem Schlafzimmer auf und sagt feierlich:

»Das postkoitale Mahl ist angerichtet.«

»Isst der mit?«, hinterher.

Ich lache, wir ziehen uns an und folgen ihr in die Küche.

»Mit einem Gast hab ich nicht gerechnet. Ich hoffe, das reicht jetzt.«

Ich streichle ihr über den Rücken und rede ihr ein bisschen gut zu, dass wir das schon schaffen, dass ich sowieso nicht so hungrig bin und meine Portion gerne teile.

»Sehr lecker«, traut sich Rainer nach dem ersten Hähnchenschenkel zu sagen. K. blickt uns vorwurfsvoll an, wie Kinder, die verbotenerweise im Nachbargarten gespielt haben.

Auf jemanden, der einem 9-to-5 Job nachgeht, was immer und ausnahmslos unerträglich ist, vor allem in den Berufen, mit denen man sich identifizieren muss, wirken die nachmittäglichsten meiner Beischläfe wahrscheinlich so stumpfsinnig wie 16-Uhr-Logo! auf Kika für Erwachsene.

Ich arbeite nicht mehr, als ich unbedingt muss, kaufe brandenburgisches Wurzelgemüse beim Aldi und fülle den dm-Nagellack in das Chanel-Fläschchen meiner Schwester. Allen, die mit ihren Steuern die Gehwege und das Prinzenbad bezahlen, bin ich total dankbar.

»M. will gleich Zeit mit mir verbringen, wir wollen die *Kardashians* gucken. Du solltest besser nach dem Essen gehen.«

Ich bin gleichermaßen geschockt und amüsiert und schaue hilflos zu Rainer. Er macht ein großzügiges Gesicht und zieht seinen Anorak an.

K. räumt zufrieden meinen und ihren Teller ab, während ich mir die letzten Hähnchenstücke aus den Zähnen pule und sie nach dem Rezept frage.

Sojasoße und weißes Fleisch.

3. RESONANZ

Mein Plattenkoffer knallt gegen jede Stufe der mit rotem Sisalteppich überzogenen Treppe auf dem Weg in Hans' Wohnung. Seine Partys im dritten Stock eines Eckhauses am Schöneberger Ufer sind mittlerweile eine Institution.

Jedes Jahr um dieselbe Zeit drängt sich alles, das sich sonst über die verschiedenen Openings der Galerien verteilt, die im Zuge des Mitte/Kreuzberg-Exodus' mittlerweile fast alle ihre Dependancen in den Berliner Westen verlegt haben, auf seine 140 m^2 Fischgrätparkett. Der Zigarettenrauch hängt dicht im Treppenhaus, durch das sich Bomberjacken-Grüppchen zwischen leeren Flaschen und Gläsern sirrend ihren Weg nach oben bahnen. Ich drücke mich so lange an der Schlange vorbei, bis C., Künstlerin wie fast alle hier, die an der Tür im Tresor arbeitet, nach meiner Hand greift und mich durch das Bollwerk aus Schultern nach drinnen zieht.

Hans.

Alle lieben Hans.

Über die Jahre hinweg hat er sich mit seinem Karriere-Ping-Pong zwischen Universität und Kunst zum lang ersehnten Hoffnungsträger der verstaubten Akademie gemausert. Was bei seinem Doktorvater noch nach bierernster Medientheorie (Nullen, Einsen, Codes und so was) aussah, hat Hans im genau richtigen Moment in kunstaffinen Hackerchic verwandelt. Sein Leben ist eine Cryptoparty zwischen postdigitalen Kultursymposien und der Art Basel VIP Lounge. Ich liebe Hans. Er ist einer meiner ältesten Freunde in Berlin. In der Minibar im Gräfekiez tauchten um fünf Uhr morgens im roten Licht der Toilette seine Fuchsaugen, zwischen denen die Wiener Adlernase wie eine Trophäe sitzt, vor mir auf. Er trug seine gewachste Barbourjacke. Ich sagte: »Du riechst wie mein Vater.« Er lachte los. Wir waren sofort Freunde. Hans weiß alles über mich. Ich alles über ihn.

Ich pflüge gegen hundert Paar Beine und Schuhe an und hoffe, dass Hans versucht Leute rauszuwerfen, um hier genug Platz für ein gesundes Maß an kollektiver Klaustrophobie zu schaffen, oder wenigstens etwas Kopfraum für meine 166 Zentimeter, mit denen ich ständig Ellenbogen im Gesicht habe, während ich nach Sauerstoff schnappe. Stattdessen steht er entspannt, weiß-gräulich grinsend und durchgeschwitzt im Fensterrahmen und raucht. Seinem Hemd fehlt ein Knopf und das schönste Mädchen des Abends hängt an seinem Hals wie ein Lemurenbaby.

Hans kokst meistens schon vor der Party so viel, dass ihm schlecht ist und er sich ein paarmal übergeben muss, weil er so viel Angst vor der Masse der Leute, der halb einkalkulierten Zerstörung seiner traumhaften Wohnung und den nicht abschätzbaren Dimensionen des Wahnsinns hat, der uns heute noch erwartet.

Meinen Koffer stelle ich in der Nähe des aus zwei zusammengestellten Bürotischen improvisierten DJ-Pults ab und wühle mich noch einmal zur Küche durch, um mir in dem Schlachtfeld aus von Zigaretten angeschmorten Plastikbechern und halbvollen Flaschen Proviant für mein Set zusammenzuhamstern. Auf dem Weg zurück winke ich Hans so gut es eben geht mit zwei eventuell trinkbaren Flaschen Spätiwein und der letzten Tasse unterm Arm zu.

Mein Set für den Abend habe ich mit viel Liebe für die Riege Männer zusammengestellt, die schon fast zum Interieur von Hans' Wohnung gehören. Diese Männer, die sich wie jedes Jahr zu anmutigen Rudeln auf den samtenen Sofas zusammengerottet haben, sind die Wirtschaftsweisen. Das, was sie sich in den 90ern noch in den Technokesseln der BRD-Hochburgen in die Ohren gebrüllt haben, steht heute im Feuilleton.

Damals, in den 80/90ern war ich zu jung, um Techno und Wave, die Anfänge von Acid House und die ersten Platten aus Chicago und New York mitzubekommen, die ich jetzt ausgesucht habe. Das Einzige, an das sich die Männer hier, die tatsächlich zu dieser Generation gehören, noch erinnern können, ist vielleicht die orgiastische Gewalt des *Can you Feeeel it*, mit der sie damals von Mr. Fingers entjungfert wurden. Ich mache DJ-Didaktik sozusagen. Vielleicht tue ich das auch ein bisschen, um zu zeigen, dass ich im Gegensatz zu ihnen meine Hausaufgaben gemacht habe, obwohl ich 15 Jahre zu spät dran bin. Meine Auswahl für den heutigen Abend kann ich jedenfalls gut vertreten zwischen all den Jack Beats und Jacks.

Ich nenne sie *meine Jacks*, die Rädelsführer der Kunstklüngelei. Die Jacks sehen sich alle ein bisschen ähnlich mit ihrem leichten Bauchansatz und dem beiläufigen Taktieren zwischen der Souveränität eines legeren Maßanzugs und der betonten Lässigkeit bunter Sneaker. Wie stolze Papageien, durch überdimensionale Brillen schielend, aufgeplustert mit hochgezogenen, stämmigen Schultern und toupierten Federhäubchen. Obwohl, das ist eigentlich eher der Stil der 60plus-Architekten, aber das Erscheinungsbild dieser Männer hat sich irgendwie im Zuge der Globalisierung wie die Fußgängerzonen europäischer Großstädte angeglichen.

Das Haar wird schütter und wackelt lustig, wenn man tanzt. Aber irgendwie gehts. Sie sind erfolgreich, da darf man mittelmäßig aussehen oder auflegen.

Wie Walter Seiblinger, der Chefredakteur der meistgekauften Kunstzeitschrift Deutschlands ist und deshalb auch auf dieser Party tanzt. Schaumkrönchen auf seiner sprudelnden Journalistenexistenz sind die fünfzehn Jahre jüngeren Künstlerinnen und Gallerinas, deren Instagram-Accounts er mit entgeisterten Emojis überflutet und sie zu diesen Partys bestellt, um vor ihnen mit seinen DJ-YouTube-Skills anzugeben.

Ich spiele also *Set it off* von Strafe. *I hope this party starts quickly*. Am Anfang tanzen meistens nur die Kunststudentinnen, die heute zum ersten Mal auf dieser Party sind und noch ein bisschen mehr Aufmerksamkeit brauchen als der Rest, während die Jacks sich noch einen ansaufen und ans Klavier gelehnt mit ihrer Konkurrenz feixend über Männlichkeit philosophieren. Dafür gibt es ein ganz eigenes, sehr feines Eierschaukelvokabular.

Take you high (Mansion Mix) von Colm III.

Ausgelassen kann man das Getanze eigentlich nicht nennen. Es sieht vielleicht irgendwann organisch, sogar ungezügelt aus, aber irgendwie hat das Tanzen auf diesen Partys einen prekären Status.

Also, es ist jedes Mal ungefähr so:

Man tanzt nicht einfach drauflos. Die Kunststudentinnen tippeln ein bisschen hin und her, recken die Arme in die Luft und performen dabei so etwas wie zahmgekämmten Exzess. Dann schleicht sich langsam das verunsicherungsgelangweilte Marginalpublikum an. Das sind die ganzen durchsichtigen Gestalten, die nicht wichtig genug sind, um in jeder Ecke bei irgendeinem anderen bekannten Gesicht hängenzubleiben. Die wackeln dann aus Alternativlosigkeit als Zweier- und Dreiergrüppchen in ehrfürchtigem Abstand zu der Studentinnenzone vor sich hin, klammern sich an Plastikbecher und Zigarette und heften den Blick auf den Boden, als müssten sie die ordnungsgemäße Taktung der tänzelnden Diskokugelpünktchen überprüfen. Ich war selbst schon oft genug in beiden Rollen und bin unendlich froh um das Upgrade in der Hierarchie durch das DJ-Pult.

Ahnung von Musik hat hier wirklich niemand.

Es ist eigentlich nur wichtig, wer sie auflegt. Nach ein paar Stunden werden auch die letzten Zwischenräume mit wippender Schwarmreserve aufgefüllt, es wird etwas ekstatischer, bis irgendjemand die Fassung verliert und anfängt, richtig krass zu tanzen (das ist mit großer Wahrscheinlichkeit G. oder eine meiner 1,80 m-Lieblingsfurien, die sich genau im richtigen Moment auf 13 cm hohen Absätzen wild schwankend in die Menge werfen und alle um sich herum mit in den Strudel ihrer Partyzentrifuge reißen).

Der Rest ist irritiert, kichert und schämt sich so lange fremd, bis sich einer der Jacks aus der Sofaherde löst und sich dem orgiastischen Kern nähert, eine Weile von der Seite mit begeistertem Faustschrauben anfeuert, um sich dann ins Getümmel zu stürzen und selbst unter ständigen Versuchen, sich bei einer der Frauen unterzuhaken, wie irre loszuhampeln.

Das ist so wie in der Kunst und dem Sprechen über sie. Es geht nicht um das, was getan wird, sondern darum, wer es tut und mit wem.

So, *Meduna Waves* von Alessandro Parisi, der zweite Track von der ersten EP von Matze und Pauli auf Viewlexx, und dann noch *You See Art, I See Clay* von Craig Sibley, um noch ein paar nostalgische Gefühle auf die Tanzfläche zu kippen.

Richard tanzt auch. Richard schunkelt. Richard ist Galerist. Die Kunst, die er verkauft, ist post post alles. Mittlerweile. Noch bis vor einigen Jahren fuhr Richard eines dieser austauschbaren Späte-90er-Programme. Mit Ausnahme einer ätherischen Brünetten mit Elfennase, deren filigrane Aluminiumskulpturen »Meine Weiblichkeit ist extrem fragil und schwindelerregend teuer« schreien, waren alle seine Künstler männlich. Großformatige Gruselmalereien und Betonkuben – die Kunst der neuen, nüchternen Künstlerproleten, die auf keiner Messe fehlen durften. Dafür, dass man es schaffte, als junger Künstler in einer dieser Galerien zu überleben, gab es eigentlich nur zwei Gründe. Entweder man war Expat mit reichen Eltern oder man eignete sich spielerisch oder mühsam Taktiken an, um sich eiskalt zwischen all den Schwänzen positionieren zu können. Eine Frau war man besser nicht.

Mittlerweile hat Richard umgesattelt. Selbst er hat kapiert, dass sich spätestens seit Anbruch der 2010er Jahre alles besser verkauft, wenn man es in rosa Kunstharz gießt und irgendwas mit Internet draufschreibt. Mittlerweile gibt es auch zwei Frauen im Programm. Für die Quote. Die eine war früher Model und macht deshalb jetzt Videokunst über Models und Internet. Die andere war kein Model und malt deshalb große, traurige Bilder über Einsamkeit in Zeiten des Internets.

Richard erkennt mich nie, ich erkenne ihn natürlich schon von Weitem und das schon seit meinen ersten hilflosen Schritten in der Szene. Er spielt nicht nur mit, er ist Spielmacher genau da, wo wir alle mitspielen möchten. Er gehört zu den grauen Obskuranten der Kulturszene, von denen niemand so richtig weiß, wo sie eigentlich hergekommen sind; aber auf einmal waren sie da in ihren gestärkten Hemden und mit dem wissenden Blick, und da gehörte ihnen schon alles.

Ich frage mich, ob Männer wie Richard am Hochstaplersyndrom leiden, bei dem schnellen Aufstieg, der Magie der willkürlichen Verkaufspreise und dem konstanten, halbseidenen Geschmooze, das das Netzwerk fluide hält.

Dass jemand tatsächlich in irgendwas professionell sein könnte, ist ein Phantasma, das Hugo Boss und die Deutsche Bahn erfunden haben, um das nüchterne Grau der Bügelfaltenhosen und das höfliche 15-Uhr-Bier in den Bordbistros rechtfertigen zu können. Professionalität ist ein Männerfetisch, der zwischen hingerotzten E-Mails, unbezahlten Praktika und verchromten Bürostühlen irgendwann bleierner Ernst geworden ist. Dessen, dass alles doch echt ist, vergewissert man sich durch ausschweifende Signaturen, individuell gestaltete Briefköpfe und Tweedjackets.

Ich gehe fast immer auf Richards Ausstellungseröffnungen. Es gibt Bier in der Wanne und Schuhschoner. Richards Programm ist eine Karikatur der Generation, die es konsumiert, in der Crowd, Ding und Raum alles eins sind. Das Publikum trägt Schwarz und hat keine Meinung. Alles, was in dieser Galerie hängt, ist gut, und alles, was im Berghain auflegt, auch.

Genau darum geht es auch in der Kunst, die ausgestellt ist. Deshalb funktioniert das Ganze so gut.

Widerstand kannst du getrost über den Haufen werfen. Die Kritik schreibst du dir einfach auf dein T-Shirt, dann machen wir die Depression zur Ikone und dümpeln glücklich in den pastellfarbenen Sombrerogalaxien der Kaufkunst dahin. Wir müssen halt dran glauben. Etwas anderes bleibt uns nicht übrig.

Alles an Richard ist genau das. Elaboriertes Dümpeln. Seine Bewegungen sind exzentrisch, seine zartgliedrige Hand tänzelt gestikulierend, während sein gespitzter Mund unter dem einen Tick zu schmalen Oberlippenbart halblaut eine selbstironische Bemerkung nach der anderen macht. Dabei sieht er trotz der aggressiv aufgerissenen Nasenflügel im Versuch, zwischen den Koksresten noch an Sauerstoff zu kommen, irgendwie immer ein bisschen nach Tantchen aus. Nach scharfem Tantchen mit hochgezogenen Augenbrauen und stolz wackelndem Hinterteil. Mit dem geschniegelten, graumelierten Seitenscheitel und den quietschbunten Anzügen, die er in schier unendlichen Ausführungen besitzen muss (man sieht ihn nie zweimal im selben Anzug, oder die Tragezyklen sind so lang, dass man sich nicht daran erinnert, das Ding schon einmal gesehen zu haben), hat er etwas von einer gelungenen Mischung aus Max Raabe und den Flippers. Seiner warmen, fast sapphischen Art können sich Heten und Schwule gleichermaßen schlecht entziehen. Deshalb funktioniert Richard. Irgendetwas daran beeindruckt mich noch immer.

Richard ist mit einer Frau zusammen, die auch mitspielt. Die Ausmaße dessen, was die beiden sich da zuschanzen, will ich gar nicht kennen. Sie ist auf jeden Fall mächtig, hält sich immer im Hintergrund, man kennt sie kaum. Im Gegensatz zu ihrem Mann ist sie weder attraktiv noch schillernd. Für die Kunstwelt ist sie, und zwar nicht auf sinnlich-nymphenhafte Art, ein bisschen zu drall. Mit ihrem gedrungenen kleinen Körper und den in die Seite gestemmten Armen erinnert sie mich an eine Wachtel: schlecht gelaunt, taktierend, herrisch.

Ich bezweifle, dass sie ihm ab und zu das gibt, von dem ich vermute, dass er es sich von ganzem Herzen wünscht.

Ich bin ein Seismograf für Männer, die penetriert werden wollen. Richard steht es auf die Stirn geschrieben. Männer wie er, einflussreich, dominant, exzentrisch mit einem kleinen Hang zur Theatralität, sehnen sich nach nichts mehr als ein ganz klein wenig adäquate Erniedrigung durch eine Frau mit einem Plastikschwanz.

Als mein Set zum Ende kommt, drängt sich DJ Walter Seiblinger ins Licht und steckt mir noch, dass er mit seiner Handy-App auflegt, bevor ich mich losmache, um meine Tasse in der Küche aufzufüllen. Es ist schon ein bisschen leerer als noch vor ein paar Stunden, trotzdem habe ich die leise Ahnung, dass irgendwo hier noch etwas los sein muss und luge auf halbem Weg zur Küche durch die angelehnte Tür ins Schlafzimmer. Für einen Moment ärgere ich mich, dass mein Handyakku leer ist und ich kein Foto von der Szene machen kann, die sich gerade auf dem Bett abspielt. Tableau vivant. Figurengruppe, Beweinung Christi. Das Nicht-Exmodel aus Richards Programm liegt in einem Menschenhaufen, der sich nur ganz, ganz langsam bewegt. Die Körper schieben sich übereinander wie Anakondas in Slomo. Alles scheint zum Fußende des Betts zu streben, an dem ein kleines, aufgerissenes Plastiktütchen auf dem Boden liegt. Wenn die Kunst es nicht mehr tut, tut es vielleicht der letzte Krümel Ketamin.

Richard steht zwischen Flaschenbergen in der Küche und unterhält die Traube, die sich um ihn gebildet hat, offensichtlich blendend. Wenn ich ehrlich bin, will ich etwas von Richard. Bei einem Galerie-Dinner vor ungefähr einem Jahr hatte er mir seine Karte zugesteckt und etwas von Zusammenarbeit gebrabbelt, nachdem ich ihm high und selbstbewusst von meinen Arbeiten erzählt hatte. Auf die dreizeilige E-Mail, an der ich zwei Tage lang herumgedoktert hatte, bevor ich mich traute, auf »Senden« zu klicken, hat er nie geantwortet.

Das mit dem Hochschlafen ist so eine Sache. Eigentlich funktioniert es nicht.

Einmal Ficken bringt gar nichts.

Im Gegenteil. Meist zerstört es die zarten Potenziale einer Begegnung sogar. Der Drahtseilakt zwischen inszeniertem Versprechen und gradueller Einlösung darf eigentlich nie, nie in echtem Sex enden. Bei Richard kann ich vielleicht eine Ausnahme machen.

Ich ertappe mich dabei, wie ich ihn zwischen den Köpfen hindurch angaffe. Sein Blick trifft meinen, er winkt mir zu und streckt einen Arm nach mir aus.

Er erkennt mich tatsächlich.

Ich laufe lächelnd auf ihn zu, er legt seine Hand auf meinen Hals und drückt zwei Küsschen in die Luft, je einenhalb Zentimeter neben meine linke und meine rechte Wange.

Wir trinken Bier. Ich finde ihn anziehend.

Dabei kann ich gar nicht richtig sagen, ob es echtes sexuelles Interesse an ihm persönlich ist oder nur die Neugier an der Intimität solcher Typen.

Ich frage mich, ob sein Verhältnis zu mir ehrlicher, näher oder banaler wäre, wenn er einen Finger im Arsch hat. Meinen. Die Antwort darauf bzw. die Gültigkeit der Antwort hängt natürlich davon ab, ob sie prä- oder postorgasmisch ist. Alle präorgasmischen Aussagen und Handlungen eines Mannes sind direkt an einen Reiz gekoppelt, was zur erhöhten Bereitschaft zur Lüge führt. Die postorgasmische Reaktion ist häufig Abwehr oder Verwirrung, der Postorgasmist gleichzeitig zu ungeschickt und zu träge, um sich noch darum zu bemühen, irgendwelche Konstruktionen aufrechtzuerhalten. Trotz koitaler Differenzen tendieren Männer allgemein zu verblüffender Ehrlichkeit bei One-Night-Stands. Das liegt wahrscheinlich daran, dass die gemeinsame Zeit so begrenzt und eh klar ist, dass man sich nicht mehr sehen wird. Künstlich erzeugte Distanz stirbt bei diesen Begegnungen den schnellsten aller kleinen Tode.

Richard erzählt mir von seiner Frau, dass sie jetzt schwanger ist. Ich gratuliere ihm.

Vom Sitzen auf den Bierkästen tut mein Hintern weh. Überall in der Wohnung kommen langsam zwischen den sich lichtenden Schichten von Mänteln die matschigen Spurrillen, die sich wie in einer dieser Arbeiten von Christopher Wool über den vom Bier aufgeweichten Boden ziehen, zum Vorschein.

Alkohol ist knapp geworden, die DJs nach mir waren schlecht. Die Einzigen, die jetzt noch da sind, weil sie gerade erst gekommen sind, sind die Fashion Elite-Leute. Stylisten, Popsternchen, Marketinggangster. Alle schwul. Zwischen ihnen schwebt ein klapprig-zartes Geschöpf, neben dem ich mich sofort klein und gedrungen fühle. Bei so viel Fragilität verliere ich augenblicklich mein überschwängliches Wohlbefinden und mein kleiner Körper kommt mir feist und schwer vor. Ich suche Flaschen nach Schnapsresten ab, schütte alles, was ich finden kann, in mein Glas und exe den Mix, ignoriere, dass ich mich sowieso nur noch schwankend auf den Beinen halten kann, um das unangenehme Gefühl zu betäuben. Ich sage irgendwas, um mich besser zu fühlen und das zu tun, was ich halbwegs gut kann: über Kunst reden oder über Musik. Ich ekle mich vor mir selbst, höre mich Unsinn reden, versuche es wiedergutzumachen, mich einigermaßen gut dastehen zu lassen, scheitere. Jeder Satz ist einer zu viel. Richard steht neben mir und betrachtet meine selbstinduzierte Exekution so unbeteiligt wie eine Hyäne ein ausblutendes Gazellenbaby. Vielleicht ist es nicht so schlimm. Niemand denkt so viel über dich nach wie du selbst.

Ihm scheint es wirklich nichts auszumachen, er stellt mich weiterhin vor und flattert mit mir an der Hand auf dem Weg nach draußen auf ein Bye-bye durch die Wohnung, bevor wir in den Hausflur kippen und mit Hans und dem Rest der Meute die Straße entlang in die schon für den finalen Abgesang auserkorene Kneipe taumeln. Es ist 5 Uhr und brechend voll. Die Wände voller Fotos und rosa Plüsch, aus der schlechten Anlage scheppert Schlager. Ich bestelle Bier. Vier Minuten später sitzen wir im Taxi auf dem Weg zu mir. Ein bisschen zu laut, als dass der Taxifahrer es überhören könnte, frage ich Richard, ob er möchte, dass ich ihn mit meinem Strap-On in den Arsch ficke. Er leuchtet. Nickt. Ich nehme seine Hand und wir schweigen für den Rest der Fahrt.

Ich glaube, es ist sein erstes Mal, so wie er da auf der Bettkante sitzt und in die Luft starrt. Von dem Leuchten von vor 20 Minuten ist nicht mehr so viel übrig.

»Zieh deine Hose aus.«

Richard schaut erleichtert und öffnet Gürtel, Knopf und Reißverschluss mit einer beeindruckend routinierten Handbewegung. Sein Schlüssel klimpert in der Tasche, als er die Hose auf den Boden wirft. Ich stelle mich hinter ihn, greife nach seiner Hand und küsse seinen Nacken. In meinem Zustand fällt mir die souveräne Nummer ziemlich leicht. Sanft beiße ich in seinen Hals und drücke ihn auf das Bett. Mit einem Finger gleite ich an seiner Wirbelsäule entlang, immer weiter nach unten, um ihn dann ein wenig in seine Falte zu stecken. Kaum hörbar stöhnt er auf.

In meiner Schatzkiste unter meinem Bett krame ich nach dem Strap-On. Ich präsentiere ihm das Ding von allen Seiten. Eigentlich ist es nur ein großer Dildo aus schwarzem Silikon. Er findet ihn schön. Das Leuchten ist sofort wieder da. Angesoffen dauert es ein bisschen, bis ich die ganzen Riemen in die richtigen Schnallen gefummelt habe. Man muss die Ledergurte richtig fest anziehen, damit der Schwanz gut sitzt und nicht blöd herumschlackert. Die Familienpackung *Cum Lube* aus den USA, die ich halb aus Langeweile, halb aus Überschwang vor zwei Wochen bestellt habe, ist noch nicht da. Kunstsperma, mit dem man den Plastikschwanz auffüllen kann. *Looks and smells like the real thing.* Stand da. Wenn ich abspritzen will, muss ich nur fest auf den unteren Teil drücken, in dem eine kleine Pumpe befestigt ist. Das Paket liegt immer noch bei meinem Postspäti an der Sonnenallee, Richard muss wohl oder übel mit einem Trockenfick ohne weißes Finale auskommen.

Ich sammle ausgiebig Spucke im Mund und lasse sie in einem dicken Faden auf das Silikon tropfen. Dann, mit ein bisschen Spucke auf dem Finger, teste ich, ob er schon ein bisschen offen ist. Richard kneift. Dafür bekommt er einen festen Klaps. Mit beiden Händen ziehe ich seine Backen auseinander und drücke den Gummischwanz an die richtige Stelle. Noch ein bisschen mehr, und ich sehe, wie die schwarze Plastikeichel in seinem Loch verschwindet.

Richard quietscht.

Ai, das macht Spaß.

Ich stoße ein bisschen fester. Wenn man das noch nie gemacht hat, weiß man nicht, welche Muskelgruppen man dafür benutzen muss. Es ist eigenartig und fremd. Mit der Zeit habe ich mich daran gewöhnt, aber jeder Hintern ist eine neue Herausforderung. Man muss die Position der Füße ändern, gut balancieren und die ganze Körperhaltung muss irgendwie einnehmender sein.

Ich teste mich. Als Mann. Ohne Gefühl im Schwanz und ohne echte Erektion. Ein Dauerständer, der nichts mit Erregung zu tun hat. Es fühlt sich ein bisschen so an, als trüge man eine Prothese für ein Körperteil, das einem nie amputiert worden ist. Ich spüre nichts. Außer vielleicht Phantomschmerz.

Richard führt eine Hand zwischen die Beine, versucht, sich einen runterzuholen und bewegt sich dabei vor und zurück. Es sieht ein bisschen animalisch und ein bisschen dämlich aus. Ein bisschen kränkend ist das Ganze vielleicht auch, weil Richard trotz harten Herumwichsens einfach keinen hochbekommt. »Das Koks«, schnauft er. Ich ziehe den Dildo heraus, wische ihn an seinem Hemd ab und lege mich neben ihn auf das Bett. Richard atmet tief aus. »Ich liebe es, wie du mich in den Arsch fickst, M., so schnell, so langsam.« Er guckt selig.

M M M

Mein Kopf dröhnt vom Alkohol und dem schrillen Dauerrasseln der Klingel. Alles kratzt, und der Strap-On, der noch halb an meinem Schenkel hängt, schneidet in die Haut ein.

Ich kann mich nicht erinnern, wann wir eingeschlafen sind, aber länger als zwei Stunden ist es bestimmt nicht her. Irgendwo ganz hinten in meinem Kopf braut sich so etwas wie eine dumpfe Ahnung zusammen.

Jetzt. Samstag. Termin mit J., Ausstellungsbesprechung. Fuck.

»Richard, wach auf. Du musst gehen! Fuck, das ist J. Sie darf dich hier nicht sehen. Fuck, Fuck, Fuck, Fuck.«

Ich renne durch das Zimmer und versuche panisch, eine nie dagewesene Ordnung zu schaffen, während ich Richard seine Sachen entgegenschleudere. Gefühlt eine Sekunde später schiebe ich ihn zur Wohnungstür raus.

J. steht schon davor und lacht uns aus.

Wo ich noch reguliere, ist J. schon drüber.

Im Gegensatz zu mir mit meiner bayerisch-eingedeckelten Erziehung ist sie ein echtes Hippiekind. Mit 16 zog sie bei ihrer verwirrten Mutter aus, die die kleine J. quer durch jeden Vorort der USA durch Camping-Kommunen und besetzte Häuser geschleift hatte.

Als ich sie vor zehn Jahren in dem Café sah, wie sie mit ihrem viel zu kurzen Rock, ihren Storchenbeinen und ihrer Hexenfrisur trotzig zwischen den Tischen herumstakste, war ich sofort hingerissen. Widerhakenliebe. Klettverschluss. J. zog bei ihrem Ehemann aus und wir wohnten dann zusammen in einem Zimmer. Wir teilten nicht nur das Bett, sondern auch alle Männer, und morgens masturbierten wir darum, wer den Kaffee machen muss.

Sobald Richard hinter dem Treppenabsatz verschwunden ist, hört J. auf zu lachen.

»Sag mal, ist der nicht verheiratet?«

Die Diskussion ist alt.

J. findet das, was ich da tue, abgefuckt.

»Unsolidarisch«, sagt sie.

»Kann sein.«

»Alter. Was soll die Scheiße? Warum tust du das anderen Frauen an?«

»Ist nicht mein Problem. Seine Beziehungskonstruktion kenne ich nicht. Interessiert mich null.«

J. sieht enttäuscht aus. Ich will das gerade nicht hören.
»Er wollte es doch selbst.«

»Stell dir vor, dir passiert das! Warum machst du das?«

Ich sehe an ihr vorbei auf das flackernde Licht im Treppenhaus und warte darauf, dass es ausgeht.

»Es fühlt sich gut an, verstehst du? Ich brauche das jetzt.«
»Come on. Go fuck yourself, M.!«

4. DER MENSCH IST EIN TIER, DAS LACHEN KANN ODER: PETRUS ABAELARDUS

Ich stehe in der Einfahrt vor dem Garagentor. Das helle Licht zeichnet die fisseligen Umrisse der Hecke auf die aufgewärmten Pflastersteine. Es ist Sommer.

Auf dem Gehweg liegt vielleicht drei große Schritte entfernt von mir mein Fahrrad. Im Gepäckträger klemmen ein paar Äste, Grasbüschel und ein lila Stofffetzen, den ich am Wegrand gefunden habe. Ich schwitze unter dem schwarzen Samthelm, von dem die Metallverschlüsse rechts und links neben meinen Ohren baumeln. Den Griff der Reitgerte halte ich fest umschlossen, die Hand steckt im Fahrradhandschuh mit dem ledernen Innenteil und dem schönen Neonmuster.

Mit der Spitze der Gerte pule ich den von der Sonne weich gewordenen Teer aus den Rillen des Pflasters. Es geht ein bisschen schwer, aber wenn man sie an der richtigen Stelle reindrückt, kann man den ganzen schwarzen Wurm in einem Stück rausbekommen. Die Reitstiefel sind mir zu groß, reichen fast bis zu meinem Schritt. Da, wo ich die Jeans in den Schaft gestopft habe, reibt der grobe Stoff meine Oberschenkel wund. Der Hosenschlitz wölbt sich zu einer dicken Beule. Wenn ich so dastehe, mein Gewicht gegen die Gerte stemme und meine Schenkel vor- und zurückbewege, kann ich hören, wie die beiden Walnüsse in meiner Unterhose aneinanderklackern.

Heute Morgen hab ich sie mir zwischen den rosa Stoff und meine Schamlippen gesteckt, an denen ich jetzt die holzige Oberfläche der Nussschale spüre.

Durch das geöffnete Küchenfenster kann ich meine Mutter sehen. Manchmal kommt ihre Hand aus dem Fenster und schiebt den löchrigen Blumenstoff der Gardinen und den Papierigel, den ich gebastelt habe und der auch an der Stange hängt, zur Seite, um zu schauen, ob ich noch da bin, während sie Mittagessen kocht. Sie mag es nicht, wenn ich mit dem Fahrrad Pferd spiele. Sie macht sich Sorgen, wenn ich alleine draußen bin. Ich soll lieber mit den Kindern von nebenan spielen, sagt sie, aber die Kinder von nebenan mag ich nicht.

Ich höre ein Auto. Es ist so leise hier, dass man jedes Auto immer schon von ganz weit weg hört. Ich wette mit mir selbst und gewinne. Es ist der rote Audi meines Vaters, der in die kurze Sackgasse einbiegt. Vor der Einfahrt hält er an und gibt mir durch die Frontscheibe ein paar Handzeichen, die wahrscheinlich zeigen sollen, dass ich mein Fahrrad wegräumen soll, damit er an mir vorbei in die Garage kann. Mein Vater kommt heute früh von der Arbeit. Er arbeitet bei Audi. Er ist da Abteilungsleiter. Deshalb kennen alle meinen Vater, weil alle anderen Väter auch bei Audi arbeiten.

Kurz vor der Garage höre ich das Anziehen der Handbremse. Der Motor brummt weiter, während mein Vater aussteigt und um das Auto herumläuft, um das Garagentor hochzuziehen. Ich laufe zu ihm und umarme seine Beine.

»Hallo Jürgen«, sagt er sanft.

Heute ist es eine Familienanekdote. Eine, die nur in kleiner Runde, bei den Uno-Abenden mit meinen Tanten und Onkel nach dem dritten Stamperl Schnaps erzählt wird. M.s Walnüsse. Sie wollte immer ein Junge sein.

Die Haare wurden kürzer, die Kleider jungenhafter, die Walnüsse blieben. Meine Eltern leisteten keinen großen Widerstand. Jürgen nannten sie mich mit einem Augenzwinkern, wenn ich es mir wünschte. Auf den Familienfotos wollte meine Mutter mich trotzdem im Kleid sehen. Der Kurzhaarschnitt wurde mit einem Haarreif mit Schleife drauf ausgebügelt. Bilder eines normalen Mädchens mit kurzen Haaren und schiefem Lächeln, das wie alle Mädchen gerne Kleider trägt.

Es blieb ein Spiel, dem niemand allzu große Aufmerksamkeit schenkte. Über Geschlechterrollen sprach man nicht zu Hause und auch nicht in der Schule. Man war einfach normal.

Ich kann mich nicht erinnern, wie ich überhaupt auf Jürgen gekommen bin. Vielleicht war es der Name, der mir in die Hände fiel, als ich nach etwas suchte, um das zu benennen, für das ich keinen Namen hatte. Jürgen hieß das Andere. Das ultimativ Andere. Zumindest wurde es einem als das verkauft. Die Hälfte der Menschheit ist anders als du.

Wenn du in einem Dorf in Bayern aufwächst, dann bist du, was du bist. Und was du bist, wird durch das Ding zwischen deinen Beinen definiert. Ein paar Zentimeter Biomasse, die die Erzählung eines ganzen Lebens bestimmen.

Ich erinnere mich an eine Szene, da war ich vielleicht sieben oder acht Jahre alt. Ich stehe alleine im Badezimmer meiner Eltern vor dem Spiegel und bin ganz nackt.

Mein Bauchnabel ist wund, weil ich so viel darin herumgepult habe, dass es wehtut. Damals dachte ich, wenn ich nur tief genug pule, könnte ich auf die andere Seite durchstoßen und meinen Bauch und die ganzen Organe von innen fühlen. Meine Mutter hat immer gesagt, der Bauchnabel ist eine Narbe. Eine, die zeigt, dass ich mal Teil von ihr war. Das, was uns verbunden hat, wurde abgeschnitten und jetzt bin ich alleine. Aber an dem kleinen Loch sieht man noch, dass ein Teil von mir fehlt. Es ist die Erinnerung an einen Schmerz, den ich vergessen habe. Den ich vielleicht nie empfunden habe.

Das, was ich da unter dem pudrigen Staubfilm im Spiegel sah, war ich – die kleinen Schultern, der gewölbte Bauch, die kurzen Haare – und gleichzeitig nicht so richtig ich.

Ich bewegte den Kopf auf und ab, schlackerte mit den Armen und machte ein paar ganz schnelle, überraschende Bewegungen auf den Spiegel zu. Mein Gegenüber machte das alles mit, ohne die leiseste Verzögerung oder Abweichung. Trotzdem, das, was ich auf meiner Seite des Spiegels fühlte, passte nicht so ganz zu dem, was ich da auf dem Bild vor mir sehen konnte. Als hätte man zwei

Schnittmuster übereinandergelegt, die nicht ganz kongruent, nicht ganz identisch sind.

Fast, aber eben nicht ganz.

Ich glaube, es war Weihnachten, als ich es zum ersten Mal probiert habe. Die Walnüsse lagen in einer großen Schale auf dem Wohnzimmertisch, zwischen in glitzerndes Papier gewickeltem Konfekt, Mandeln und Mandarinen. Wie kleine Gehirne sahen sie aus. Ich fühlte in der Schale nach zwei großen, schönen Exemplaren und wiegte sie eine Weile in den Handflächen. Dann schloss ich beide Hände um sie wie um etwas, das man beschützen will, und trug sie die Treppe rauf ins Badezimmer.

Als ich mich im Spiegel ansah, mit den beiden Nüssen vorne in der kleinen blauen Unterhose, fühlte es sich richtiger an. Irgendwie ganz. Jetzt hatte ich zwei Gehirne in der Unterhose. Also insgesamt drei.

Als Kind habe ich das vielleicht noch nicht verstanden, aber wenn ich jetzt darüber nachdenke, kommt es mir so vor, als hätte ich versucht, das, was mein Spiegelbild war, das Andere, das Außen, das Gegenüber, zu meinem zu machen. Beides sein. Alles sein. Kindlicher Größenwahn vielleicht.

Ein richtiges Transkind war ich jedenfalls nicht. Sonst hätte Jürgen sich bestimmt durchgesetzt. Ich glaube wirklich, es ging darum, beides sein zu können.

Zwei Namen, hinter denen ich mich verstecken konnte. Ein bisschen war es auch eine Schnapsidee, ein Spleen, eine Provokation oder vielleicht eine Frage.

Eine Frage, die niemand beantworten wollte. Ich wollte ernst genommen werden. Aber ich kam mir übergangen vor. Also blieb ich allein mit mir und mit Jürgen.

Wenn M. nicht trans war, war Jürgen es vielleicht. Manchmal schnitt er mehrere Schulterpolster aus den Jacketts seiner Mutter und steckte sie sich unters T-Shirt, um so große Brüste zu haben wie die Köchin aus dem Kindergarten, die er einmal durch die halb geöffnete Küchentür beim Umziehen beobachtet hatte. Letztendlich waren M. und Jürgen wahrscheinlich so etwas wie ein fünf- bis sechsjähriger Ladyboy. Oder Boygirl. Oder beides.

Das Kind, das ich war, ist nur noch eine Erinnerung. Ich bin die Frau, zu der ich gemacht wurde. Meine Nüsse liegen jetzt in der Kiste unter dem Bett. Sie sind fast schwarz und ganz verschrumpelt. Manchmal hole ich sie raus. Dann klackern sie leise.

MMM

Mit dumpfem Pochen und J.s »go fuck yourself« im Kopf sitze ich im Zug nach Süddeutschland. Was alle anderen zu meinen Entscheidungen sagen, ist mir egal, aber J. ist so etwas wie mein ausgelagertes Gewissen. Ihr enttäuschtes Gesicht werde ich nicht los.

dieser Details aus seinem Leben erfahren könnte, wenn ich wollte, was ich gerade aber um jeden Preis vermeiden möchte.

Über meine Eltern weiß ich eigentlich nicht wirklich viel. Vielleicht, weil es nicht so viel zu wissen gibt. Für uns Kinder waren sie ein unbeschriebenes Blatt. Keine Ecken, keine Kanten, keine Abgründe. Mein Vater ist nicht groß und nicht klein. Weder hager noch fett. Seine Haare sind nicht spärlich und nicht voll, aber grau, und das schon, seitdem ich denken kann.

Er liebt meine Mutter. Das sagt er ihr jeden Tag. Uns Kindern hat er es auch gesagt. Mein Vater ist ein sorgfältiger Mann. Seine Liebe steckt im Detail. Die Dinge müssen richtig gemacht werden. Richtig oder gar nicht. Er macht jeden Tag das Frühstück für meine Mutter. Zwei Scheiben Vollkorntoast mit Marmelade und Butter, eine halbe Orange und ein gekochtes Ei. Von der Orange knibbelt er sorgsam die weißen Häute ab und streicht die Butter immer genau bis zum Rand. Ich weiß nicht, ob sie es bemerken würde, wenn er das nicht täte. Sie hat sich an seine Sorgfalt und seine Fürsorge gewöhnt.

Meine Mutter gehört zur Generation $^{1}/_{3}$-Feministinnen. Das sind die, die in ihrer Jugend mit der Tatsache konfrontiert wurden, dass es etwas gibt, das Feminismus heißt. Eine Worthülse, die irgendetwas mit Abtreibung, brennenden BH's und Uschi Obermaier zu tun hat. Der

$^1/_3$-Feminismus ist eine Liebäugelei mit diffusen Idealen von weiblicher Freiheit und der Option auf eine Karriere. Meine Mutter ist eine Macherin. Ihren Feminismus würde sie nie beim Namen nennen. Für sie bedeutet er, alles schaffen zu können, wenn man es nur will. Alles bedeutet Arbeit, Haushalt, Familie. Sie hat sich durchgebissen, hochgearbeitet, jetzt hat sie eine 120%-Stelle in einer Führungsposition in ihrem Betrieb und einen 98%-Haushalt. Weil es zu keinem Zeitpunkt im Monat infrage kommt, nur 80% zu geben, trinkt sie Frauenmanteltee gegen prämenstruelles Syndrom und liest Ratgeber zur Erweckung ihrer inneren Göttin. Das sind die Dinge, die sie für sich selbst tut. Meine Mutter käme nie auf die Idee, sie wäre in irgendeiner Form benachteiligt oder unterdrückt. Dass der Haushalt bis auf das besagte Frühstück ihre Aufgabe ist, ist für sie das Resultat sinnvoller Tätigkeitsverteilung: Sie ist einfach besser in den meisten Dingen.

Abgesehen davon hatte sie keine andere Option als die Ehe. Dass man wegziehen könnte, eine Weltreise machen, eine Singlefrau in Paris oder einfach nur in Ingolstadt sein könnte, war für meine Mutter so abstrakt wie die Vorstellung, sie könnte im echten Leben mit Bon Jovi zusammen sein.

M M M

Während ich auf den Tasten meines Laptops herumtippe und auf das dauerunterbrochene Internet warte, sehe ich immer wieder über den Bildschirmrand hinweg zu dem alten Herren gegenüber. Er hat seine Lesebrille fast bis an die Nasenspitze nach unten geschoben und begonnen, Zeitung zu lesen. Das Papier hält er mithilfe einer über die Jahre hinweg perfektionierten Technik und faltet mühelos eine Seite über die andere. Die obere Ecke des Feuilletons ist in die mittlerweile geöffnete Tupperdose abgesunken und saugt das Fett aus seinem Butterbrot mit Salami. Jedes Mal, wenn er davon abbeißt, kann ich sehen, wie sich der Bissen als kleine Wölbung unter der faltigen Haut an seinem Kehlkopf vorbeidrückt. Dann landet er in seinem Magen und wird durch einen ganzen Haufen komplizierter Prozesse zu einem Teil von ihm. Von innen muss er fast genauso aussehen wie ich. Würde man unsere Eingeweide in Gläser füllen und nebeneinanderstellen, würde man kaum einen Unterschied erkennen. Ich frage mich, ob meine Eltern mich erkennen würden, käme ich als eingeweckter Organhaufen bei ihnen an. Wenn man einen Menschen liebt, muss man auch seine Eingeweide lieben.

Mittlerweile ist alles draußen schwarz. Die Anzug tragenden Nordlichter, die in dem Vierer neben unserem sitzen und schon vor mir zugestiegen waren, hängen allesamt vor ihren Tablets. In der schummrigen Beleuchtung des Großraumwagens strahlen ihre Köpfe von dem weißen Licht der Bildschirme. Es sieht ein bisschen so aus, als würden die nicht zum Rest ihrer Körper gehören. Wie freischwebende Hologramme einer Live-Konferenz.

Bei dem zischenden Geräusch der sich öffnenden Türen an der Haltestelle drehen sie sich wie von Geisterhand in einer schwungvollen Bewegung synchron um. In Leipzig werden die Nordlichter durch eine geschäftige Frauengruppe mit schwäbischem Dialekt und wetterfesten Steppjacken mit Gänsedaunenisolierung ersetzt. Schwaben haben, glaube ich, eine natürliche Affinität zu Outdoorbekleidung. Die Suche nach der korrekten Sitzplatznummer und das Verstauen der Koffer werden von einem entrüsteten Gespräch über die problematischen Arbeitsbedingungen von Referendaren im Hochschuldienst begleitet, das auch nach der nächsten Haltestelle vierzig Minuten später noch nicht abgeebbt ist. Ich verstöpsele meine Ohren, um nicht nach einem Gürkchen aus der immer noch offenstehenden Tupperdose zu greifen und damit nach ihnen werfen zu müssen.

In Nürnberg steigt eine Kleinfamilie zu. Eine, die vielleicht gerade nach einem Ausflug in die Großstadt zurück nach Hause fährt. So eine wie die meiner Schwester, die nach dem Abitur in der nächstgrößeren Stadt studiert hat, um dann eine Lehre zu machen, dann in einer Firma zu arbeiten, in derselben Firma wie ihr Mann, mit dem sie jetzt zwei Kinder hat. Meine Schwester ist $^{1}/_{3}$-Feministin. Sie ist Vorsitzende im Frauenverein, hat eine 70%-Stelle und einen 100%-Haushalt.

Die Mutter ist vielleicht so alt wie ich, trägt einen blonden Kurzhaarschnitt und einen kleinen Rucksack, aus dem sie ihre Kinder mit bräunlichen Apfelstückchen und Russisch Brot versorgt. Es ist eine dieser Familien, die ein Haus gebaut haben. Sie haben die Baustelle beaufsichtigt, die Kugellampen, die jetzt die Einfahrt säumen, aus einem Katalog ausgesucht, das Velourleder des Sofas auf die Vorhänge abgestimmt und mit ihrem Kleinwagen Buchsbäume aus dem BAUHAUS in den Vorgarten gekarrt. Weil ihr am Anfang alles zu steril war, hat sie kleine Tonputten und Töpfe mit winterharter Knospenheide und Teppichmispeln auf die Stufen der Eingangstreppe gestellt. Auf der Türmatte, die so aussah wie die, die sie auf den Wohnblogs gesehen hatte, durch die sie, auf dem Veloursofa liegend und eingekuschelt in ihre Angoradecke, gescrollt ist, als die Kinder schon im Bett waren, steht in rissigen weißen Lettern *Welcome Home*. Jedes Mal wenn sie nach Hause kommt, freut sie sich darüber, über die Matte und darüber, wie gut sie mit dem Türkranz harmoniert, darüber dass sie hier zu Hause ist.

Ich sehe sie an. Wie sie da sitzen. Wie er über den Tisch hinweg ihre Hand streichelt. Wie geduldig er dabei jede Seite des Bahnmagazins überfliegt, bevor er umblättert. Wie sorgfältig sie die kleine Jacke des Mädchens zusammenrollt und auf der Ablage verstaut, und ich weiß, dass irgendwo zwischen den Schichten ihrer Funktionskleidung eine Zufriedenheit steckt, die ich niemals erreichen werde.

Ich frage mich, was sie sehen, wenn sie mich sehen. Ob es etwas anderes ist als das, was ich im Spiegel sehe.

Ob sie eine Geschichte über mich erzählen könnten. Wenn man keine Tupperdose hat, keine Foliensträhnchen, keinen Aktenkoffer, kein Großraumbüro, keine Zweizimmerwohnung im Prenzlauer Berg, kein Neubauhaus in Dillingen, keine Wachsjacke, kein Stipendium und keine Galerie, welche Erzählung bleibt dann noch? Ich habe die fehlenden Reizwörter zu meiner Geschichte gemacht. Es ist eine Geschichte über das Anderssein, was auch immer das bedeuten soll. In den verrauchten Bars in Neukölln, da wo alle anders sind, so anders, dass sie gleich sind, vielleicht genauso gleich wie die Kleinfamilien in ihren Fertighäusern.

Aber hier funktioniert die Geschichte nicht. Was man hier sieht, wenn man mich sieht, ist vielleicht nur eine erwachsene Frau über 30 mit selbstgeschnittenen Haaren und türkisen Plastiknägeln. Ein runder Po, über den sich die zu eng sitzende Nylonjogginghose spannt. Fahle Haut. Augenringe. Ich habe nicht mal Bücher dabei, die ich aufschlagen und um meinen Laptop herum anordnen kann, damit man denken könnte, ich sei noch Studentin oder würde an irgendetwas arbeiten. Die Dinge, mit denen man seinen Körper umgibt, sind die Hülle, die die Erzählung zusammenhält. Eine dünne Haut, die an manchen Stellen durchlässig ist, aber stabil genug, um ein ganzes Leben zu umfassen. Für mich gab es nie eine Hülle, in der ich mich wohlfühlte. Ich war nicht im Fußballverein und nicht im Ballett. Nicht trans und nicht cis. Nicht Junge und nicht Mädchen. Es gab keine

Erzählung, die für mich passte. Ich war immer dazwischen. Zwischen Rain und Berlin, zwischen Jürgen und M., zwischen Kind und Frau.

MMM

Mein Vater holt mich vom Bahnhof ab. Dass Weihnachten ist, hatte ich fast schon wieder verdrängt, aber die schneebedeckten Autos und die spärlich beleuchtete Tanne am Ausgang des Bahnhofs in Ingolstadt erinnern mich wieder daran. Mein Vater winkt mir schon von der anderen Seite des Parkplatzes aus zu. Dann steht er vor mir, mit dem Autoschlüssel in der Hand, und begrüßt mich mit einer einarmigen Umarmung. Vielleicht ist er ein bisschen älter geworden. Sein Haar ist genauso grau, wie ich es in Erinnerung habe, nur die Lachfalten um die Augen sind ein bisschen tiefer und es kommt mir so vor, als sei er kleiner als letztes Jahr. Er erzählt mir von O., meiner Schwester, die seit Tagen im Haus herumfuhrwerkte, um alles vorzubereiten. Den Kindern geht es gut. Wir haben dir etwas vom Abendessen übrig gelassen.

Das Weihnachtsessen, zu dem ich zu spät komme und von dem mir etwas übrig gelassen wurde, ist Pizza. Ich erinnere mich nicht mehr, wieso wir damit angefangen haben, aber mittlerweile ist es Tradition. Eigentlich ist es keine richtige Pizza, eher so etwas wie ihr deutscher Nachruf, dicker, selbstgemachter Hefeteig mit Tomatensauce, Kochschinken und Emmentaler. Niemand nimmt mir mein Zuspätkommen übel. Obwohl ich nicht mal eine gute Ausrede habe. Es gehört zu den Dingen, die sich eingeschlichen haben, ohne dass jemand sich die Mühe gemacht hätte, es irgendwann mal zur Sprache zu bringen.

Mit dem letzten Stück aufgewärmter Pizza auf dem Teller komme ich ins Wohnzimmer und lasse mich auf die Couch fallen. Die Bescherung ist schon vorbei, wegen der Kinder, sagt meine Mutter, die mussten schon ins Bett. Um das Sofa herum stehen Müllsäcke voll mit zerrissenem Geschenkpapier. Wahrscheinlich waren alle Geschenke wie jedes Jahr in das gleiche Papier eingeschlagen. Es ist irgendein Papier, mit Rentieren drauf oder goldenen Punkten, das meine Mutter für meinen Vater und meine Schwester gleich mitkauft, weil sie sowieso schon unterwegs war, um den Großeinkauf für die Feiertage zu erledigen, und das Papier war im Angebot.

Ich komme mir schäbig vor, weil ich den späten Zug gebucht habe, einfach weil er 18 Euro billiger war als der, den ich hätte nehmen müssen, um rechtzeitig zur Bescherung da zu sein. Weil ich keine Geschenke mitgebracht habe. Weil ich nicht schon am Vortag gekommen bin, obwohl ich nichts zu tun hatte, was es rechtfertigen würde, erst um 21 Uhr am 24. Dezember aufzuschlagen. Weil ich fertig aussehe. Weil sich alle daran gewöhnt haben.

Nach dem zweiten Glas Wein auf der Couch fallen meiner Mutter langsam die Augen zu. Sie hat die Füße angezogen und ihren Kopf auf die Schulter meines Vaters gelegt. Er streicht ihr über das aschblonde Haar, während er mir dabei zuhört, wie ich versuche, mich an das zu erinnern, was ich im letzten Jahr getan habe, und es in eine stimmige Erzählung zu verpacken.

Meine Eltern erwarten schon lange nicht mehr von mir, dass ich darüber Rechenschaft ablege, was ich tue. Ich glaube, das haben sie schon vor Jahren aufgegeben.

Als ich meiner Mutter bei der Abifeier in der großen Turnhalle mit einem halben Liter Erdbeerbowle intus eröffnete, dass ich nach Berlin ziehen will, um dort Kunst zu studieren, sah sie verunsichert aus. Für sie hörte sich das nach Drogensumpf und Ganzkörpertätowierung, zumindest nach einer Zukunft ohne Rente an. Die Miete für das Zimmer in Friedrichshain und 150 Euro im Monat haben sie mir trotzdem bezahlt.

Ganz am Anfang, nach dem Studium, als alles noch ganz gut aussah, hat meine Mutter die Artikel und Fotos aus den Zeitungen ausgeschnitten und mit bunten Magneten an den Kühlschrank gehängt: Ich, genau richtig fertig, aber ein bisschen verloren in dem riesigen weißen Raum mit den kreischend bunten Malereien.

Ich, eingeklemmt zwischen Christians monumentalem Oberarm und dem Colgatelächeln der Londoner Galeristin.

Ich allein, Farbe in den Haaren, breitbeinig auf dem Boden im Atelier. »Die junge Wilde« stand da unter dem Bild.

Ich glaube, das fand ich damals schon zum Kotzen.

Irgendwann gab es keine Fotos mehr, nur noch ein paar Ausstellungen hier und da, ein paar kleine Artikel, keine Interviews, keine Editorials. Nach ein paar Jahren hat meine Mutter die Ausschnitte wieder abgenommen und in ihre Schreibtischschublade gelegt. Dort hab ich sie gefunden, als ich nach Kleingeld suchte, um mir im Automaten im Gasthof an der Ecke Zigaretten kaufen zu können. Vielleicht hat sie das für mich getan. Damit ich sie nicht mehr anschauen muss, wenn ich zu Besuch bin. Oder weil sie sich schämt vor ihren Nachbarinnen, ihren Freundinnen und sich selbst.

Meine Eltern fragen mich nicht nach Details. Ich glaube, sie sind froh, dass ich gesund bin und sie mich ab und zu zu Gesicht bekommen. Ich erzähle ihnen von den nicht enden wollenden Arbeiten am Berliner Flughafen und den mangelnden Kitaplätzen, dass J. nach Mexiko auswandern will, von meinem Rohrbruch im September und davon, dass ich am liebsten nur noch Musik machen würde. Es ist gerade genug, um ein Gefühl von Nähe zu erzeugen, und doch so wenig, dass beide Seiten es ertragen können.

Nachdem sie sich mit je einer dieser einarmigen Umarmungen, die ich so gut kenne, von mir verabschiedet haben, um ins Bett zu gehen, klemme ich mir die halbvolle Weinflasche unter den Arm, stecke die Weihnachtsbaumbeleuchtung aus und steige die Treppe hoch zu meinem Kinderzimmer im ersten Stock.

Mein Zimmer sieht fast genauso aus, wie ich es zurückgelassen habe, als ich mit 18 ausgezogen bin. Die

Kopfseite hatte ich ein paar Jahre davor blutrot gestrichen. Ich glaube, weil ich wollte, dass es abschreckend aussieht, wenn man reinkommt, oder vielleicht auch einfach, weil ich dachte, das wäre cool. Das Zimmer war für mich immer so etwas wie eine Höhle. Ich verließ es nur, wenn ich musste, auf einem der Wege meines pubertären Tunnelsystems, das mich zum Küchenschrank führte, zu den Cornflakes, zur Laube meiner Oma oder zur Bushaltestelle.

Die beiden anderen Wände hingen damals noch voller Poster.

Die Motive waren nicht mal Dinge, zu denen ich irgendeine richtige Verbindung hatte, ich glaube, ich habe sie nur aufgehängt, weil ich in Filmen gesehen hatte, dass Teenagerzimmer so aussehen.

Ich lege mich bäuchlings auf das Bett und klappe meinen Laptop auf. Ziemlich unwahrscheinlich, dass irgendjemand noch online ist um diese heilige Zeit.

Mit Tim hatte ich ein bisschen hin und her geschrieben. Ich will eine Acidlab Drum Machine von ihm kaufen, die er auf Ebay-Kleinanzeigen gestellt hat, und war vor ein paar Tagen schon fast so weit, ihn auf die Hälfte des Preises heruntergehandelt zu haben. Sein Familienfest ist noch in vollem Gange, aber er hat sein Handy dabei und schickt mir Fotos von seiner Katze und seinen Geschwistern unterm Weihnachtsbaum. Es sieht schön aus. Eine glückliche Familie.

Ich schreibe ihm, dass ich mit einer Flasche Wein im Bett liege und mir gerade vorstelle, wie sich sein Schwanz anfühlt.

Seine Antworten kommen nur langsam.

Er muss zwischendurch Eierlikör mit seiner Oma trinken. Zumindest sagt er das.

Er möchte ein Foto.

Eins, das ich für ihn mache, nicht so eins, dass ich für solche Gelegenheiten schon auf dem Handy habe.

Er hat ganz genaue Vorstellungen. Ich soll mich von hinten fotografieren, wie ich nackt auf meinen Füßen sitze und den Hintern in die Kamera halte. Am besten mit einer Uhr oder meinem Screen im Bild, damit er sehen kann, dass ich das Foto wirklich heute und extra für ihn gemacht habe. Ich soll es ihm an seine E-Mail-Adresse schicken, damit er es nachher anschauen kann, wenn er alleine ist. Dass er Ansagen macht, gefällt mir und ich habe Lust, ein bisschen mitzuspielen. Ich bringe mich in die richtige Position, was gar nicht so einfach ist, und brauche sieben Anläufe, bis das Foto so ist, wie ich es haben will. Mein Hintern ist drall und fest und mein Rücken durchgestreckt. Im Gegenzug bekomme ich von ihm ein Foto von seinem Schwanz, der hart auf der Tastatur seines Laptops liegt, im Hintergrund flackert mein Bild auf dem Screen.

Es gibt noch einen Anhang.

Ich klicke drauf und ein kleines Fenster öffnet sich mit einer Karte und einer kleinen roten Nadel drauf. Rain, Bayern.

Ich brauche ein bisschen, um zu verstehen, dass die Markierung genau da sitzt, wo sich Werner-Egk-Straße und Carl-Orff-Weg kreuzen, da auf dem kleinen grauen Umriss, der sich genau an der Stelle befindet, an der das Haus meiner Eltern steht. *Better watch out for your data* steht darunter mit einem Zwinkersmiley.

Tim ist jung, produziert Schmuse-Elektro, den er dann in kommerziellen Läden in Berlin auflegt. In seiner Freizeit versucht er sich als Hacker. Das einzige Programm, das er auf seinem Android-Tablet hat und das ihn noch ein bisschen ausspionieren darf, ist Skype. Nickname RaDaR808. Schon nach wenigen Sekunden dudelt das seit 2003 unverändert grauenvolle Klingeln aus meinem Laptop.

Das verpixelte Videobild und spärliche Licht des Screens auf seinem Gesicht stehen Tim gut. Mir auch, finde ich. Man sieht, dass er groß ist, breite Schultern hat, ein markantes Kinn und schulterlanges dunkelbraunes Haar. Sein Lächeln hat etwas Teuflisches und er sieht aus, als sei er gespannt.

Wir gefallen uns. Ich frage mich, ob Männer genauso oft während des Chats auf das kleine Fenster am unteren Bildrand blicken, in dem man sich selbst anschauen kann, wie ihr Gegenüber.

Vielleicht macht Videochatten deshalb so viel Spaß, weil es eine Mischung aus Faszination für sich selbst und für den anderen ist. Weil man sich selbst dabei zusehen kann, wie man gesehen wird. Gleichzeitig sieht man sich selbst beim Zusehen. Das ist wie eine dieser Endlosdoppelungen zwischen zwei Spiegeln in der Umkleidekabine.

Tim zieht seine Hose bis zum Schaft hinunter und spielt mit seinen Schamhaaren. Dabei drückt er wie nebenbei seinen halberegierten Schwanz nach unten.

Es ist nicht so einfach für ihn, beides ins Bild zu halten, das und sein Gesicht.

Während er so liebevoll an sich herumspielt, reden wir über unsere Fantasien. Über Penetration, Analsex, Blasen, Wichse, Squirten, Dreier, Orgien.
Das Spektrum, das ein solches Gespräch fast schon obligatorisch abarbeiten muss, klingt wie Pornokategorien. Das, was man in die Suchfenster eingibt.

Jeder hat seine Schlagwörter. Wenn ich jemanden kennenlerne, frage ich mich immer, was er oder sie da hineintippt. *Milf suffocating*, *Asia*, *Stepdaughter* oder *Anal destruction*? Als könnte man daraus irgendwelche Schlüsse ziehen.

Eigentlich sind das alles nur tausendfach reproduzierte Settings und Szenen, die die Industrie auf die ausdifferenzierten Bedürfnisse ihrer Konsumenten zugeschnitten, zugespitzt und verschlagwortet hat.

Jeden Fetisch, den man sich ausmalen kann, gibt es schon. Frei verfügbar in tausendfacher Ausführung.

Einmal kam ich auf eine Seite, die nur Männer im Wald zeigt, wie sie mit ihrem harten Ding im hohen Bogen pinkeln. Ich hab dann gehört, dass man das üben muss und dass das nicht von alleine geht.

Wenn man darüber nachdenkt, ist es irgendwie traurig, dass man keine eigene Sprache für seine eigenen Perversionen finden muss. Müssten wir das tun, eigene Worte suchen für unsere Lust, sie beschreiben oder sie überhaupt erst erkunden und empfinden, sähe unser Sex vielleicht ganz anders aus. Aber weil alles schon da ist, müssen wir uns nicht mehr anstrengen und eignen uns wohl oder übel die Sprache an, die es schon gibt, während wir uns durch die Kategorien der gemütlichen Sexbubble klicken, die der Markt für uns vorbereitet hat.

Tim erzählt mir von einem Loch in seiner Vorhaut. Er hat es vom zu viel Wichsen, sagt er. Vielleicht möchte er mich damit schockieren oder seine spürbare Überheblichkeit mit etwas Intimem, Dreckigem, Unverkäuflichem aufweichen.

Vielleicht hat jeder von uns auch Angst, dass das, was man eigentlich heiß findet, nicht in die Kategorien passt, die dem anderen vertraut sind. Vielleicht würde ich ihm sonst sagen, dass ich beim Sex den Mundgeruch vom Schlafen mag, es mich ganz feucht werden lässt, wenn man mir das Gesicht schleckt, und ich immer genau die Stelle suche, an der ich mit meiner Zunge das schwache Zappeln der Halsschlagader spüre.

Er würde mir vielleicht erzählen, dass er es gerne mag, wenn sich der Geruch einer Vulva mit dem der eigenen Spucke vermischt, und dass er drauf steht, wenn Brüste ein bisschen hängen.

Aber so reden wir über Kategorienficks. Über *Gangbangs* und über *Toys.* Anal Plugs, *Choker, Wrist Cuffs,* Nippelklemmen, *Gag Balls*, Seile, *Strap-Ons*, Dildos, und das bestimmt zwei Stunden lang.

Ich lehne mit heruntergezogener Hose und zwei Fingern in der Muschi an der Rückenlehne des Betts, als es an der Tür klopft. Ich klappe den Laptop zu, raffe die Wolldecke zusammen, um den nackten Teil meines Körpers zu bedecken, und mache ein konzentriertes Gesicht, bevor ich »Ja, herein« sage.

Mein Vater steht in der Tür.

Seine grauen Haare sind verstrubbelt und sein Gesicht vom Schlafen verknautscht. Er hat ganz kleine Augen. »M. geh bitte ins Bett, es ist wirklich zu spät zum Telefonieren«. Er blickt einen Moment lang schweigend auf die zerwutzelte Bettdecke, dann dreht er sich um und zieht leise die Tür hinter sich zu.

Sofort klappe ich den Laptop wieder auf und schreibe Tim. »Fuck, ich glaube, meine Eltern haben uns gehört.«

Er ist nicht mehr online. Vielleicht hat er sich hingelegt. Die Flasche Wein ist leer. Ohne noch einmal ins Bad zu gehen, um mein Gesicht zu waschen und meine Zähne zu putzen, mache ich das Licht aus, decke mich zu und versuche einzuschlafen.

M M M

Die Treppenstufen knarzen lauter als früher, als ich in Socken und Jogginghose nach unten tappe.

Meine Eltern und meine Schwester sitzen um den Frühstückstisch und sind schon bei der zweiten Runde Brötchen. So wie sie da sitzen, rasiert, geduscht und angezogen, sehen sie so unberührt aus von der Nacht, als wären sie schon immer wach gewesen.

Als ich die Küche betrete, hören sie auf zu sprechen und schauen mich an, als sei jemand gestorben. Ich versuche ihre Blicke zu ignorieren, nehme mir eine Tasse aus dem Schrank und sehe nach, ob noch etwas Filterkaffee in der Kanne ist.

Die Maschine ist noch warm, der Kaffee gerade erst durchgelaufen. Mein Vater macht ihn immer so stark, dass ich schon nach zwei Schlucken Herzrasen bekomme.

Ich fülle die Tasse bis zum Rand mit der tiefbraunen Flüssigkeit und setze mich auf meinen Platz. Das Geräusch, das ich beim Runterschlucken mache, hängt mehrere Sekunden in der Stille, bevor ich anfange, irgendetwas zu reden, ohne zu wissen, was ich eigentlich sagen will.

»Was macht ihr zu Silvester?«

»Füssen mit den Wenzlingers. Wie letztes Jahr.«

»Du, O.?«

»Ben und ich sind mit den Kindern bei Freunden von ihm. Die machen Raclette.«

»Ah, cool.«

Mein Vater sieht noch eine Weile betreten auf das Holzbrett, auf dem jemand die Wurstscheiben so übereinandergeschichtet hat, dass sie zwei ineinander liegende Kreise bilden, bevor er nach der aufgeschlagenen Zeitung greift, »Entschuldigt« murmelt und in Richtung Toilette läuft.

Meine Mutter steht auf und beginnt, das Geschirr in die Spülmaschine einzuräumen. Sie nimmt den kleinen Eimer mit dem Biomüll von der Fensterbank, schlüpft in die Gummistiefel, die auf der Fußmatte neben der Heizung stehen, und stapft hinaus in den verschneiten Garten. Mich fröstelt von der kalten Luft, die durch die geöffnete Tür in die Küche zieht.

»Was ist denn los, O.?«

»Naja.«

»Was?«

Sie atmet tief aus und schnippt ein paar Krümel auf dem Tischset hin und her.

»Mama meint, du solltest dir eine Auszeit von deinen Nebentätigkeiten nehmen, wenn du daheim bist.«

Ich schaue sie fragend an.

»Sie stand gestern 20 Minuten vor deiner Tür und hat jedes Wort gehört, das du da von dir gegeben hast. Die beiden haben dann im Bett zwei Stunden darauf gewartet, dass es aufhört, und irgendwann hat Mama Papa rübergeschickt, damit er dem Ganzen ein Ende bereitet. Sie glaubt, du wirst pro Minute bezahlt.«

»Was?«

»Deine Mutter denkt, du bist eine Prostituierte.«

Deine Mutter. Als wäre es nur meine Mutter. Und O. mein dritter Elternteil.

»Ich hab mit einem Freund telefoniert!«

»Sag ihr das.«

»Du weißt doch, dass das nicht stimmt. Wieso erklärst du ihr das nicht?«

»Hast du nicht neulich von diesem gut bezahlten Job in Hamburg erzählt?«

»Ja, aber das war doch keine Sexarbeit.«

»Keine Ahnung, was du unter Sexarbeit verstehst.«

Es ist so absurd, dass ich lachen muss.

O. rollt mit den Augen und fängt an, einen Boomerang von dem Adventskranz für ihren Instagram-Account zu machen. Ich rutsche von der Küchenbank, laufe die Treppen nach oben in mein Zimmer und ziehe die Tür hinter mir zu.

Ich versuche, mich an die Details des Gesprächs zu erinnern und sofort wieder zu verdrängen, als mir die ersten Satzfetzen wieder einfallen. Für jemanden wie meine Mutter, die wahrscheinlich noch nie in ihrem Leben einen Porno gesehen hat, muss es sich schon nach Sexarbeit anhören, wenn man »Fick mich« sagt.

Kurz bevor wir zu dem obligatorischen Nachmittagsspaziergang aufbrechen, vor dem ich mich angesichts der Lage lieber drücken will, steht sie in meiner Zimmertür. Sie blickt vorwurfsvoll auf den Kleiderhaufen, den ich in meinen Koffer gestopft habe.

»Tut mir leid, wenn du da was falsch verstanden hast, Mama.«

»M., was du sonst mit deinem Leben machst, ist mir egal. Aber warum kannst du nicht mal nur diese drei Tage damit aufhören? Wenn du dich unbedingt ausleben möchtest, dann mach es bitte heimlich. Du bist doch keine 20 mehr!«

Ich presse die Lippen aufeinander, um nicht lachen zu müssen. Das ist irgendwie so ein Reflex. Immer, wenn man wirklich ernst sein muss, kann ich nicht anders.

Bei der Beerdigung meiner Großtante war es so schlimm, dass ich an allen Trauergästen vorbei aus der Aufbahrungshalle nach draußen rennen musste, bevor ich mich nach zwei Zigaretten und sechs Minuten aktiver Trauermeditation wieder hineintraute. Es ist so, als könnte mein Körper dem Ernst nicht standhalten. Auch diesmal. Trotz aller Anstrengung pruste ich los.

Meine Mutter schaut erst fassungslos, dann zieht sie ihre Augenbrauen zusammen und blickt zu Boden. Sie fährt mit den Fingern über die Stirn und vergräbt das Gesicht in ihren Händen.

Als sie wieder aufsieht, hat sie Tränen in den Augen.

Ich habe ihr wehgetan.

Igor hat mir einen Direktflug nach Tel Aviv mit *UP*, der Tochter-Airline von *El Al* gebucht, die ein eigenes Sicherheitssystem hat.

Das hätte mich schon stutzig machen sollen. Wer setzt sich freiwillig zusätzlichen zwei Stunden Tortur aus, bevor man das Scheißflugzeug überhaupt betreten darf?

Großmütig blickt das Spalier olivfarbener Engelsgesichter in Camouflageanzügen von den strahlenden weiß-blauen Bannern auf die welken Gestalten herab, die sich zusammen mit mir aus der Fluggastbrücke schieben. Nachdem mein Gepäck in Schönefeld bereits von zwei, trotz all des misstrauischen Wühlens ganz umwerfend aussehenden israelischen Soldatinnen in Zivil durchforstet worden war, hatte ich ernsthafte Zweifel, ob sie mich wirklich einreisen lassen würden.

Immerhin wollte er mich vom Chauffeur abholen lassen.

Das wäre trotzdem irgendwie zuviel des Guten gewesen, nachdem er bereits mein Ticket und die Unterkunft bezahlt hat, obwohl wir uns gar nicht kennen.

Die Sonne klebt teilnahmslos auf dem Vormittagsblau, während ich meinen Koffer über den schier unendlich großen Parkplatz hinter dem Flughafen schleife, um irgendwo zwischen den hebräischen Buchstaben die acht ausfindig zu machen, die auf meinem Bus stehen sollen, und mir dämmert, dass das wohl nicht der allerbeste Moment ist, um auf meiner Emanzipation zu beharren.

Ich kneife die Augen zusammen, um eine Notruf-SMS in mein Handy zu tippen, und danke zum ersten Mal in meinem Leben o2 für die Netzabdeckung. Igor holt mich ab.

Igor war irgendwie anders als alles, was ich bisher gesehen hatte. In Berlin sind alle arm, und wenn sie doch reich sind, tun sie ziemlich viel, um das ausschließlich in Nuancen und immer an den richtigen Stellen sichtbar werden zu lassen. Die Kuchenglasur von La Mer, ein Wiesenstrauß von Marsano, der imposante Handseifenspender von Aēsop neben dem Emaillewaschbeckchen.

Mit der Breitling kommst du eh nicht ins Berghain, und wenn wir ehrlich sind, kann keiner von uns wirklich Comme des Garçons von Bruno Banani unterscheiden. Die Soho House Membership Card ist das letzte Gran Exklusivität, das den Exilmünchnern geblieben ist, und selbst dort rennen die gestriegelten Fitnessapp-Neureichen der Kreativnoblesse die mahagoniverkleidete Bude ein.

Auf den Fotos, die Igor mir über Messenger geschickt hat, trägt er beige Anzüge, Armani-Gürtel mit großer Schnalle. Spitze Schuhe. So was gibt es da, wo ich herkomme, eigentlich nur in Düsseldorf. Hinter einem Messestand verschanzt habe ich mal ein Gespräch zwischen zwei Galeristen belauscht, in dem der eine Bohnenwüchsige dem anderen Untersetzten konsterniert erzählte, wie er sich auf der Art Shanghai zwei billige Nutten geholt hätte, die er dann dabei erwischte, wie sie sich am helllichten Tag mit seinem neu im Duty Free erworbenen Braun-Rasierer die Muschis gestutzt haben. Er hat die beiden sofort rausgeschmissen und den Braun auch. Nur seinen Schwanz, den hat er vermutlich abgewaschen und behalten.

Ich bin mir nicht sicher, ob die Tatsache, dass für meine Mutter mein Sexgedingse offensichtlich ein grundsätzlicher Indikator für ein Prostituiertendasein ist, irgendwas mit der Igorsache zu tun hat. Oder die Igorsache mit den Fantasien meiner Mutter. Oder andersrum.

Tatsächlich war ich eine der wenigen Künstlerinnen in meinem Umfeld, die während der Studienzeit nie etwas für Geld gemacht hat. Weil mein Professor damals angesagt war, konnte ich schon ganz am Anfang immer ein paar Arbeiten verkaufen, um mich über Wasser zu halten, das hat irgendwie gereicht. Vielleicht war ich aber auch einfach immer ein bisschen zu daneben für Sexarbeit.

Ich erinnere mich an eine Szene vor zehn Jahren, wie ich dasitze auf der Marmortreppe des UdK-Gebäudes in der Hardenbergstraße, in meinem zwei Nummern zu großen Arztkittel, den ich deshalb trug, weil ich am liebsten aussehen wollte wie Kippenberger, den ich damals wahnsinnig verehrt habe, und rauche. Rauchen und Hunde sind da verboten. Der Hall in Ha33 ist unglaublich. Das spitze Tacken der Stöckelschuhe schallt in alle Richtungen. Die schwarzgefärbte Turmfrisur kommt direkt auf mich zu. »Wo Infobrett?«

Ich deute direkt neben mich an die Wand. Während die Frisur mit ihren irre langen Nageltips das Klebeband von der Rolle kratzt, versuche ich durch ziellos aufsässiges Starren herauszufinden, ob sie sich nicht vielleicht verlaufen hat. Zu jung und zu naiv, um zu wissen, dass diese Frau sehr viel mehr von Kunst verstand, als ich es zu diesem Zeitpunkt tat. Deshalb war sie da. Sie tackelt weiter zum Treppenaufgang gegenüber und pflastert die Korkwand gewissenhaft mit weiteren Aushängen:

Sie sind ein absolut gepflegter Mensch mit
einem ästhetischen Körper?
Sie besitzen »das gewisse Etwas«? Sie sind 21–55 Jahre alt?
Sie sind Mann und auch Herren nicht abgeneigt?
Sie haben eine gute Allgemeinbildung und
Umgangsformen à la Knigge?
Sie treten selbstbewusst auf?
Sind sympathisch und liebenswert?
Sie bewegen sich souverän in einem Club und auf
einer Party, im Restaurant und im Theater?
Auch bei geschäftlichen Anlässen, auf Reisen, oder
in einem gemeinsamen Urlaub?
Sie wünschen sich eine prickelnde Neben-/Haupttätigkeit
mit horrendem Einkommen?
Sie sind sehr pünktlich, halten Termine und
Absprachen zuverlässig ein?
Sie genießen es, sich in gepflegter Gesellschaft zu bewegen,
erfolgreiche Männer kennenzulernen und Abenteuer zu erleben?

Sie haben Interesse an den schönen Dingen des Lebens?
Sie lachen gerne und sind selbst kommunikativ?
Sie beherrschen Fremdsprachen?

Wenn Sie alle Fragen mit »JA« beantworten können, freuen wir uns sehr, Sie kennenzulernen.
Bitte nehmen Sie mit unserer Agentur Kontakt auf und senden Sie uns per Mail aussagefähige Fotos von sich zu, damit wir uns einen ersten Eindruck von Ihnen machen können.

Beachten Sie bitte, dass Bewerbungen ohne Bildmaterial nicht bearbeitet werden können.

Ihre Carry Ross

Von den Zetteln gibt es in Kunsthochschulen viele. Lukrativer als Barschichten und glamouröser als Hostessenjobs auf Wohnmobilmessen ist es allemal.

V. bekommt 300–400 Euro für einen Blowjob. Vielleicht weil sie sehr jung aussieht. Fast wie ein Kind. Oder weil sie es ohne Gummi macht im Gegensatz zu anderen Sexarbeiterinnen.

Nach ein paar Stunden sind die kleinen Zettelchen mit der E-Mail-Adresse immer alle abgerissen.

Carry Ross' Aushang ist relativ anständig.

Es gibt auch viel direktere: »GF6 gesucht!«

Ich glaube, die hängen Männer selbst dahin. Jeder trifft ja irgendwelche Entscheidungen.

GF6 ist eine Abkürzung für eine Sexarbeiterin, die für ihre Freier so tut, als wäre sie ihr Girlfriend. Die küsst dich dann auf den Mund und streichelt dir über den Kopf, bevor du einschläfst. Manche wollen auch gar nicht ficken, nur essen gehen, Händchen halten, Exfrauen eifersüchtig machen. Das kostet weniger als die ganze Nacht durchvögeln. Da sind je nach Kapazität des Freiers bis zu 2000 Euro pro Nacht drin, am Morgen danach diskret deponiert in einem Umschlag neben der Badewanne.

Natürlich hatte ich damals mit dem Gedanken gespielt.

Es ist verlockend.

Für ein paar Sekunden konnte ich das denken, dann war ich die Agnès Sorel der Gegenwart, die weißbrüstige Kurtisane von König Karl VII., die Fouquet, der kleine Perversling, auch auf dem Dyptichon von Melun in ihrer ganzen Schönheit als entrückte Maria lactans malte.

Ich stille dann das Schreibaby der Kreativindustrie mit dem Saft meiner Jugend, weil mich die Kunst, mit ihren nicht gerade vielversprechenden Zukunftsperspektiven, in die Realität des Mittelalters weiblicher Erwerbstätigkeit zurückwirft. Das ist scheiße cheesy. Sexarbeit war jedenfalls für uns alle eine Option.

Igor lässt auf sich warten. Nach 40 Minuten rollt ein Renault Twingo auf den Parkplatz.

Das Einzige, das an Igor nicht klein ist, ist sein Redeschwall und seine Rolex. Sein merkwürdig überformtes

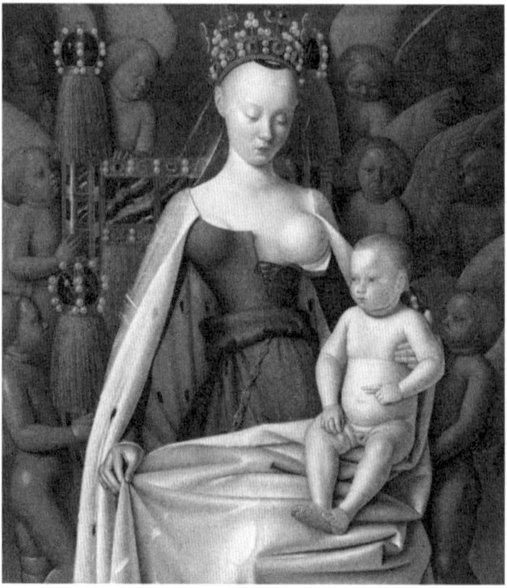

Deutsch ist durchsetzt von Feine-Leute-Phrasen, die er vielleicht im Fernsehen aufgeschnappt hat.
Ich spiele Escort, wie ich das im Fernsehen gesehen habe, weil ich auch nicht weiß, was sonst tun, während Igor ununterbrochen gegen seine 163 cm anredet.

»Alles Vollidioten hier! Genau aus diesem Grund hole ich mir hier immer ein Scheißleihwagen. Hier kann keiner Auto fahren. Keiner! Das kann man doch niemandem zumuten. Ich kann wirklich überall Auto fahren, aber hier, hier! Schau sie dir an, wie die Berserker. Zum Glück habe ich diesen billigen Mietwagen!«

Er schreit den Wagen vor mir an. Ich rutsche auf dem Sitz etwas weiter nach rechts und bin still.

Das schale Gefühl versuche ich zu verdrängen und denke an Juliette Binoche, wie sie ihre kleine Nase in den warmen Fahrtwind hält und das Glück einer ganzen Nation aus dem Autofenster strahlt.

Das Ankommen ist immer der beste Teil einer Reise.

Dass ich riechen kann, vergesse ich immer, bis ich aus der trockenen Luft des Flughafengebäudes einer fremden Stadt nach draußen komme.

Igor redet von Immobilienpreisen. Der Wüste sind die Unsummen, die Investoren in die Randgebiete der dem Staub abgerungenen Metropole pumpen, wahrscheinlich egal.

Immer schneller rast der Twingo über den weißen Asphalt, bis Himmel und Sand sich zu gelbblauen Schlieren ziehen. Für den Bruchteil einer Sekunde denke ich darüber nach, Igor die Augen zuzuhalten. Eigentlich ist das dünne Blech des Wagens nur Attrappe. Beim Zusammenprall mit der Leitplanke knautschte es sich unwiderruflich mit unseren Gliedmaßen zu einem Metallkörperknubbel zusammen. Nur der Raum zwischen Igor und mir ist luftgepolstert. Tausend kleine Bläschen, die man nicht mal mit den Fingern zerdrücken kann. Die Sicherheitszone draußen ist echt. Dafür sorgt das Militär.

Langsam wird die Bebauung dichter, als wir uns von der Ganot interchange in das Nadelöhr der Namir Road in Richtung Marina schieben. Die Luft ist salzig und der Januarwind haucht mir eine Gänsehaut in den Nacken.

Grellweiße Bauhausgebäude säumen die Promenade wie blankgeputzte Schneidezähne. Es kommt mir verschoben vor, irgendwie sieht man dem Sandstrand, der von verwaisten, chromglänzenden Fitnessgeräten übersät ist, an, dass sich hier eigentlich junge Wüstenkinderkörper in unerträglicher Hitze schwitzend an der eigenen Optimierung abarbeiten sollten. Kein Wunder, dass die alle so gut aussehen, dass es einem vor Neid in den Augen beißt.

Ich sehe zu Igor hinüber, er hat die Stirn in Falten gelegt und sieht ein bisschen enttäuscht aus. Meine Verträumtheit passt ihm nicht. Vielleicht muss ich ihm mehr Aufmerksamkeit schenken. Das macht man wahrscheinlich so, wenn man gerade einen Flug geschenkt bekommen hat. »Hast du was anderes erwartet von Tel Aviv?« Ich verkneife mir zu sagen, dass ich es mir größer vorgestellt habe, und grinse vor mich hin, mache aber ein ernst-liebes Gesicht und schüttle den Kopf, als er bei der nächsten roten Ampel zu mir rüberschaut.

Sein Eifer mir zu gefallen widert mich an.

Aber vielleicht muss sich das so anfühlen, wenn man seine Männer nach Kapital aussucht. Meine Mutter hat immer gesagt: Entweder du hast einen, der sprudelnd und interessant ist und den wollen alle, oder du nimmst dir einen, der ein bisschen langweilig ist und beständig. Keine der beiden Varianten geht mir wirklich auf.

Igor meinte, es wäre sein erstes Mal. Eine Frau einfliegen und das ganze Spiel. Das war gelogen. Ich kannte ihn vom Sehen von einem Event im Ritz, in das mich der Portier, ein beninischer Medizinstudent im zweiten Semester, mit dem ich ein paar Mal gevögelt hatte, hineingeschmuggelt hatte, auf dem es von Escorts nur so wimmelte.

J. und ich nutzten die puderschwere Luft zwischen den Bezahldamen, um uns die nach dem John Cage Konzert in der Philharmonie völlig unterreizten Bäuche am Buffet mit Hummerburgern vollzuschlagen.

Weil ich auch ein bisschen Angst vor der ganzen Sache hatte, hatte ich Igor im Vorfeld das Versprechen abgerungen, mir ein eigenes Zimmer zu geben, in dem ich schlafen kann, falls wir uns nicht mögen.

Jetzt schaut er mich vom Fahrersitz fürchterlich verliebt an. Ich versuche, seine winzigen Finger, die nervös über den Schaltknüppel rutschen, zu ignorieren. Igor ist aus der Schweiz, in Köln aufgewachsen und kommt eigentlich aus der Ukraine oder so. Er hat seltsam dichtes, dunkelblondes, lockiges Haar und eine viel zu große Brille für seine feine Nase.

Es gibt kein zweites Schlafzimmer.

Als ich ihn darauf anspreche, erzählt er mir irgendwas von einem kaputten Lüftungsschacht und sagt, dass er mich zum Essen einladen will, morgen aber früh raus und arbeiten muss und tagsüber keine Zeit für mich hat.

Er legt mir 2000 Schekel auf den Tisch und sagt, ich soll einfach Espresso trinken in der Zeit. »Wie viel

Espresso soll ich davon denn trinken, bitte?« Er schiebt das Geld zu mir rüber, ich stecke es ein und überlege, es ihm am Ende der Reise wieder zurückzugeben. GF6. Ich brauche einen Drink.

Das Restaurant ist gerade so ok.

Die Rolex wahrscheinlich doch ein Fake. Igor ist mir ein Rätsel.

Ich esse wie immer zu viel, trinke noch mehr. Nach einer ganzen Flasche Rosé finde ich ihn immer noch nicht besser, eher noch viel beschissener.

Ich will trotzdem mit ihm schlafen, einfach um zu wissen, wie es ist. Wenigstens sieht er sauber aus und gut rasiert. Beim Versuch, sich über den Tisch zu beugen, wirft er ihn samt den halbrohen Steaks und der pappigen Sauce béarnaise fast um – klar, seine Beine reichen nur knapp bis zur Tischkante – und küsst mich. Es ist komischerweise ok.

Auf dem Weg nach Hause greift er nach meiner Hand. Ich setze mich auf eine kleine Mauer und ziehe ihn an mich. Er presst seinen Penis an meinen Oberschenkel und streicht mir über die Haare. Es ist ein bisschen so, als würde man die Großtante küssen, die immer zu doll nach Klosterfrau Melissengeist riecht, zu der man aber nett sein muss, wenn man nachher ein Kaktuseis will.

Daheim hilft Igor mir aus der Jeansjacke und fällt sofort über mich her. Es ist nicht gut und nicht schlecht und

ich denke an Turmfrisuren und Kaktuseis. Kaktuseis. Er kommt nach zwei Minuten.
Der nächste Tag in Tel Aviv ist wunderbar.

Zwischen der leisen Schönheit der Stadt und der Menschen fühle ich mich fremd und ein bisschen dreckig. Auf eine gute Art.

Um vier schreibt Igor, dass er im Büro essen muss, sich aber darauf freut, wenn ich nach Hause komme.

Ich treibe mich bis acht herum, klebe vor Schaufenstern, trinke drei Espressi und setze mich alle 20 Meter auf eine der grünen Bänke auf dem Rothschild Boulevard, um noch mehr Leute zu begaffen. Sogar die alten Frauen sind bildschön. Vielleicht exotisiere ich, vielleicht ist an der Sache mit dem auserwählten Volk aber auch was dran.

Völlig fertig vom Herumlaufen komme ich zu spät ins Apartment. Igor sieht angestrengt aus und schaut mich vom Sofa aus ein wenig verschüchtert an.

Mit einem Klopfer auf das Kunstleder bedeutet er mir, mich neben ihn auf das Sofa zu setzen. Er öffnet seine Hose und fickt mir ins Gesicht. Normalerweise hätte ich das vielleicht gut gefunden, aber bei ihm hatte das revoltierende Gestochere etwas von einem epileptischen Anfall. Zum Glück kommt er wieder zeitnah. Sein Körper sackt neben mir zusammen und er grummelt etwas von er sei zu müde und ich soll doch einfach alleine essen gehen. Ich wische mir das Gesicht ab, kämme meine Haare und tupfe etwas Puder auf meinen Hals.

Igor liegt in Kauerhaltung mit dem Kinn auf die Brust gedrückt auf dem Sofa und daddelt auf seinem Smartphone herum. Die Brille nach unten geschoben balanciert er das Display drei Zentimeter vor seinem Sichtfeld.

Ab und zu schnaubt er ernüchtert.

Ich kann nicht länger hinschauen und gehe aus der Tür.

In der Dunkelheit bleibe ich einen Moment draußen auf der Straße stehen und ziehe die kühle, salzige Luft ein.

Ich muss rauchen.

Der alte Mann in dem fahlblau leuchtenden *24 hour-Shop* am Ende der Straße hat sanfte Augen und lächelt mich freundlich an. Ich habe vergessen, was Danke auf Hebräisch heißt, deshalb glotze ich ein bisschen zu lange zurück und nicke überschwänglich, als er mir das Bier und die Zigaretten über den Tresen schiebt.

Obwohl meine Füße noch warm und stumpf von dem ganzen Gelaufe sind, spaziere ich zur Promenade hinunter und setze mich in den kalten, nassen Sand. In der Nacht ist das Meer nur schwarzblaues Rauschen.

Irgendwo weiter vorne am Wasser teilen sich kichernd die Umrisse von Teenagerpaaren, um dann wieder schweigend ineinanderzusinken. Ich ersticke fünf heiße Stummel im Sand und leere die Flasche, bevor mir zu kalt wird und ich mich aufraffe, um einen Ort zum Essen zu finden.

Am unteren Ende der Ben Yehuda dringt Musik und Rauch aus einem zur Straße hin mit rotem Stoff abgeschirmten Lokal.

Durch das laute Treiben dränge ich mich an einen der Tische und versuche, mich an diesen *Elle*-Artikel zu erinnern, den ich im Wartezimmer meiner Frauenärztin gelesen habe, in dem irgendeine sehr erfolgreiche Frau, Modebloggerin oder so, schildert, welche Dinge zu beachten sind, wenn man als Frau alleine essen geht. Ein Buch soll man, glaub ich, dabeihaben. Oder vielleicht ein Buntstiftepaket, um die Tischdecke zu bemalen.

Ich bestelle einen *Old Fashioned* und frittierte Languste. Nachdem ich mich zur Hälfte durch die Bepanzerung des Tiers gegrast habe, summt mein Handy. Igor. Ich frage den atemberaubend schönen Kellner nach der genauen Adresse des Lokals und versuche, mit meinen fettverschmierten Fingern auf dem Display die richtigen Tasten zu treffen. Bestelle noch ein Glas. Der Whisky brennt. Heute mag ich Drinks, die ein bisschen wehtun.

Als Igors beschlagene Brille zwischen den Köpfen auftaucht, lächle ich ihn ein bisschen beduselt an. Seine Körperhaltung ist irgendwie widerwillig. Alles, was ich tue, irritiert ihn. Ich weiß nicht, ob es mir mehr für mich oder für ihn leidtut, dass ich das mit dem Escort-Ding nicht so gut draufhabe. Er fragt mich nach Berlin, ich erzähle irgendetwas, das nichts mit mir zu tun hat, wische dabei meine Finger an der Tischdecke ab und bestelle noch ein Glas.

»Bist du betrunken?«

»Mittel.«

Er verdreht die Augen und zischelt etwas von Alkoholproblemen in seinen Schoß.

»Was hast du gesagt?«

»M., was bist du für eine Frau? Du benimmst dich wie ein Kind.«

Ein ganzes Arsenal an Vorwürfen fällt aus ihm heraus. Undankbar. Schlechte Manieren. Schlechter Lebensstil. Ich wische mir die Mayo aus den Mundwinkeln und mir steigen Tränen in die Augen. Mich reinsteigern in die Verletzung, das kann ich richtig gut. Es hilft, er hört auf und sieht betreten auf mein Krustentiermassaker.

Wir fahren schweigend nach Hause. Als der Twingo endlich die Lichter ausatmet, sitzen wir noch eine Weile nebeneinander im Dunkeln. Igor hält das Lenkrad immer noch fest und starrt auf das Heck des Kleinlasters, der vor uns parkt.

»Du kannst froh sein, dass ich dich in deinem Zustand überhaupt noch mitgenommen habe. Wolltest du das? Mich blamieren?«

Ich weiß nicht, was ich sagen soll. Nach einer Weile schüttle ich den Kopf. Hastig schnappt er nach dem Schlüssel, stößt die Tür auf und verschwindet in Richtung Hauseingang.

Als ich ins Schlafzimmer komme, liegt Igor schon im Bett. Ich krame in meiner Tasche nach den Zigaretten und schiebe leise die Balkontür auf.

M.: J., kann ich anrufen?

J.: Grad nicht. What's up girl?

M.: Es ist schrecklich.

J.: Beschnitten?

M.: Was? Nein.

M.: Der Typ ist irre.

J.: Take the money and run! Lol, was hast du erwartet?

M.: Bist du betrunken?

J.: Hier ist Nachmittag.

M.: Stimmt doch gar nicht.

J.: Ich dachte, du besorgst die Kohle und dann investieren wir in Koks, Nutten und Botox?

M.: J., kein Witz jetzt, ich muss wirklich bald hier raus.

J.: Shit, ok.

M.: Was soll ich machen?

M.: Findest du, ich hab schlechte Manieren?

J.: Kein Stress. Wir kümmern uns drum. Was ist mit Tinder?

M.: Ich kann mir doch jetzt keinen Schlafplatz ertindern!

J.: Duh, Fiorucci made me hardcore!

M.: J.!

J.: Ok. Morgen haust du ab. Egal was. Ist es zu kalt, um am Strand zu schlafen?

M.: Es ist fucking Januar.

J.: Okok. Wir finden was. Das Fuckrhizom agiert weltweit!

M.: Oh mannnn. Danke, J.

J.: Shalom Shalom. Ich liebe dich.

Ich rolle mich unter zwei Wolldecken auf der Couch zusammen und versuche zu schlafen.

Am Morgen kommt Igor verquollen und schniefend aus dem Schlafzimmer getappt und setzt sich neben mich auf den Rand des Couchtisches. Er legt seine Hand auf meinen Kopf. Es sieht aus, als wollte er sich entschuldigen.

»Hab mir irgendwas geholt. Ich muss zum Arzt, ich brauch Medizin.« Bevor er geht, kramt er Scheine aus seiner Jacke und schiebt sie unter mein Handy. 1000 Schekel. Das Geld fasse ich als Entschuldigung auf.

Ich warte, bis ich den Twingo anspringen höre, werfe die Decken zur Seite und rase wie irre durch die Wohnung, um meine Sachen einzusammeln. Vier Minuten später sitze ich auf meinem gepackten Koffer. Auf Yelp muss doch irgendwo stehen, ob man in den Hotels auch bar bezahlen kann.

Auf der Straße klopft mir das Herz bis zum Hals. Bei jedem Auto, das um die Ecke biegt, ducke ich mich. Das fühlt sich so albern an. An der großen Kreuzung drücke ich mich in den Schatten eines Hauseingangs, um von da aus ein Taxi zu erspähen. Im richtigen Moment springe ich dann aus dem Hinterhalt.

Mein Handy klingelt.

Fuck, Igor? Unbekannte Nummer, israelische Vorwahl. *Casino Royal*, ich gehe ran.

»Tal Margalith.« Er erklärt mir, er sei ein Freund eines Freundes meiner Freunde aus Berlin und schmunzelt dabei so, dass man es hört. Warme, dunkle Stimme. Er lacht.

»Let's have a coffee first, to make sure you're not totally mental.«

Wenn ich nicht total durchgeknallt bin, darf ich vielleicht die letzte Nacht bei ihm schlafen.

Ich ziehe meinen Koffer noch ein wenig die Straße hinauf, um außer Sichtweite zu sein, falls Igor um die Ecke biegt, setze mich auf meinen Koffer und schicke ihm meinen Standort.

Keine zwanzig Minuten später rollt ein Motorrad auf den Gehweg. Nicht wahr. Nicht. Wahr. Der Typ ist zum Niederknien.

M M M

Er setzt mich am Tel Aviv Museum of Art ab und drückt mir einen Schlüssel in die Hand. Ich kann dableiben, er wird mit seiner Mutter und seiner Großmutter den Sabbat verbringen.

»Didn't we want to have coffee first?«

Er zwinkert mir zu.

»Well, I think it's ok.«

Ich bekomme das Grinsen nicht mehr aus dem Gesicht. Hotelgeld gespart. Was für ein Scheißglück.

Die Räume des Museums sind groß und hell, ich fühle mich noch ein bisschen leichter. Irgendwo zwischen Provinzloch und Weltklassemuseum wurden hier ein paar interessante Entscheidungen getroffen. Man hat sich zum Beispiel entschieden, das Herzstück des Baus mit einer Abschlussausstellung der *Bezalel Academy of Arts and Design*, der Kunsthochschule hier, zu bespielen. So sieht das auch aus.

Die großen Namen europäischer Moderne wurden in kleine, am Rand stehende Schuhschachteln verfrachtet, die deutschen Expressionisten zusammengepfercht in einen kleinen Abstellraum um die Ecke. Irgendwie gut so.

Fatma Shannan malt Teppiche. Ich mag die großen Gemälde, obwohl ich mich frage, ob sich die Ölmalerei nicht einfach besser verkauft als Kunsthandwerk und sie die Dinger deshalb malt, statt sie zu weben. Wenn man einen Teppich webt, dann benutzt man so eine klobige Holzapparatur, um die einzelnen Fäden systematisch übereinanderzulegen, bis man ein Flächengewebe hat. Das hab ich in einer arte-Dokumentation gesehen. Die alten Frauen sitzen dann mit knisternden Fingern an den Webstühlen und bewegen diszipliniert und rhythmisch die Litzen auf und ab. Das ist ein bisschen so wie Geschichten erzählen, endlose Fäden zu Winzmaschen zusammenschieben, sie verflechten, das große Ganze zeichnet sich nur langsam ab. Weben ist eine gute Arbeit für Frauen, da bleibt man untereinander, daheim, und tuschelt leise die Historie ganzer Generationen in das Klackern der Webstühle hinein. Das ist so wie die Bibel schreiben, nur ohne seine Unterschrift drunterzusetzen.

Für die apostolischen Weberinnen interessiert sich keine alte Sau. Frauen unterschreiben am besten sowieso gar nicht, lieber bleibt man dabei, das ganze Wissen heimlich, still und leise weiterzugeben, unbemerkt eingewoben in die hübschen Muster der Teppichepen.

In mein Altweiber-Sheherazade-Flüsternetzwerk-Abdriften schiebt sich Tals Zwinkern. Ich weiß nicht, warum ich bei Teppichen auch immer nur ans Ficken denken muss. Oh Gott. Ich kann es wirklich kaum abwarten, mit ihm zu ficken. Für einen Augenblick blitzte auf dem Motorrad seine olivfarbene, mit dichten schwarzen Haaren übersäte Nackenhaut zwischen Helm und Jacke auf. Ich musste mich zusammenreißen, um mich nicht nach vorne zu beugen und den Duft wie ein alter Perverser einzusaugen. Eines Besseren besann ich mich nicht deshalb, weil er es hätte merken können – der Fahrtwind erzeugte ein gutes, lautes Rauschen, das mein gieriges Einatmen bestimmt übertönt hätte –, sondern weil mein Helm mit großer Wahrscheinlichkeit bei der nächsten Unebenheit gegen seinen geknallt und mein Kopf mit einem Ruck nach hinten katapultiert worden wäre.

Problematisch ist jetzt nur, dass ich seit gestern Morgen nicht mehr geduscht habe, und ich vermute, mein Körper stinkt immer noch nach Igors und meinem Angstschweiß. Im untersten Stockwerk finde ich eine einsame Toilette. Ich ziehe das T-Shirt über den Kopf, schlüpfe aus Schuhen und Socken und streife die Jeans ab. Auf den Zehenspitzen tänzelnd, um die kalten Fliesen so gut es geht zu vermeiden, pumpe ich ein paar Stöße Handseife aus dem Spender auf meine Unterhose und rubble den Mittelteil unter dem kalten Wasser. Ein paar Minuten lang halte ich den immer noch ein bisschen schäumenden Stoff unter den Handtrockner und drapiere ihn auf der Heizung, bis ich Achseln und Muschi gewaschen habe. Zum Schluss kommt noch mein Hintern in die heiße Luft. Das erinnert mich an früher. Meine Mutter hat dann immer an die Tür geklopft wegen der Energieverschwendung, wenn ich mich im Elternbad verbarrikadierte, um mir eingemummelt wie eine Schildkröte eine halbe Stunde lang zwischen die Beine zu föhnen.

Ich lungere im Museumsshop herum. Um die Zeit totzuschlagen hänge ich in der 70%-Rabatt-Abteilung, wo jetzt die Bücher der Künstler, die in den 00er-Jahren was auf sich hielten, verscherbelt werden. Aber hier ist ja trotzdem alles immer noch scheißteuer. Ob irgendjemand diese ganzen Kataloge überhaupt liest? Es tut mir irgendwie leid für die ganzen Leute, die sich so viel Mühe gegeben haben mit den Texten, nur damit sie dann, eingeklemmt zwischen ein paar anderen prestigeträchtigen Coffeetablewälzern, traurig auf dem Mid-Century Beistelltisch dahinvegitieren. Vielleicht sollte man die wichtigsten Thesen einfach in Versalien auf die Buchrücken drucken. JEPPE HEIN IS BORING – LAURE PROUVOST IS FUCKING AMAZING – THIS BOOK DOES

NOT MAKE THE WORLD A BETTER PLACE – GOD DAMN PAY YOUR INTERNS. Aber das sind dann auch wieder nur Hashtags, die du dir auf dein T-Shirt drucken lassen kannst. Content interessiert sowieso niemanden und im Merch-Shop ist immer eine Ecke frei für den Verschlagwortungsgott.

MMM

Die Luft draußen ist kühl und schwer und der Himmel überzogen von violetten Schleiern. Ich zittere, während ich mich auf der Heimfahrt an Tals warmen Rücken schmiege. In der Wohnung summt die Aircondition. Tal wirft seine Fleecedecke über mich, nimmt mich in den Arm, küsst mich und trägt mich ins Bett. Von der Kälte gelähmt bleibe ich einfach liegen. Noch 14 Stunden bis zu meinem Abflug.

Ich liege nur da.

Seine Hände fahren in meine Haare, greifen fest zu, genau an der richtigen Stelle. Er presst mich in die Laken, drückt mir den Hals zu, stemmt sich mit seinem ganzen Gewicht auf mich. Sein Mund ist überall. Er drückt meine Beine auseinander, drängt seine Hüfte dicht an mich, bis sein Schwanz in mich hineingleitet. Er packt mich, dreht mich mit einer entschiedenen Bewegung um und fickt mich hart. Es ist gut. Es hört nicht auf. Ich lasse ihn das einfach alles tun. Falle tief. Es geht immer weiter. Irgendwann ist mir schwarz vor Augen, meine

Hände sind an das Kopfteil gefesselt. Tal. Er spuckt mir in den Mund. Schlägt mir auf die Brüste, auf den Hintern, ins Gesicht. Ich genieße es. Er kommt zwölf Mal auf meinem Körper.

MMM

Die Sitzreihen in der Abflughalle quellen über vor Kinderlachen, Rimowa-Trolleys, Jackenbergen. Im Schatten eines Snackautomaten kauere ich auf meiner Jacke und stöpsele mir Musik in die Ohren.

Die Schöpfung von Cybex Factor. Alles tut weh. Am Rand meiner Oberlippe bilden sich kleine schmerzhafte Bläschen. Die dunkelroten Flecken an meinen Handgelenken färben sich langsam pflaumenblau. Meine Haut ist wund. Jede Bewegung erinnert mich an die letzten Stunden.

Auf der anderen Seite des Lichthofs, zwischen Gepäcktürmen und Souvenirshops, stehen zwei Männer, die sich sorgfältig schwarze Bänder um Arme und Kopf wickeln. Als sie damit fertig sind, beginnen sie, vor- und zurückzuwippen und mit gedämpfter Stimme in kleine Bücher hineinzumurmeln. Auf den Infotafeln vor der Synagoge in der Allenby habe ich gelesen, dass in den Kapseln an den Lederriemen das Wort Gottes steckt. Man soll es sich auf die Haut binden und zwischen die Augen schreiben. Zum Glück denke ich jetzt an Bondage und nicht an Bekenntnis. Darin ist so viel Demut.

Demut. Als wüsste ich, was das überhaupt bedeutet.

6. EINSCHUB

Da ist ein Schmerz.

Die kleinen blauen Stellen und roten Schürfungen auf meinem Po und meinen Brüsten sind fast nicht mehr sichtbar.

Ich bekomme die Bilder nicht weg.

Es fühlt sich an, als hätte ich irgendetwas verloren. Als wäre ein Stück von mir dageblieben, eingeklemmt zwischen seinem warmen Körper und dem heiseren Sirren der Aircondition. Ich muss mich immer wieder abklopfen, abgreifen, meine Handgelenke und Waden anfassen, um mich zu versichern, dass ich noch ganz bin.

Ich glaube, ich war davon ausgegangen, dass es nichts ausmacht, wenn es 4000 Kilometer entfernt von hier passiert, da, wo es niemand sieht. Wie ein kurzes Durchatmen. Alte Gewohnheiten schüttelt man nicht so leicht ab. Es fühlte sich genauso an wie früher.

Das war keine gespielte Unterwürfigkeit. Ich war wirklich erregt. Ich habe mich hingegeben. Und ich habe es gesehen. Mir selbst zugesehen. Von oben sehe ich mein schmerzverzerrtes Gesicht, meinen Körper, der sich schwitzend unter Tals Gewicht windet. Meine Hände, die seinen Nacken suchen, um sich irgendwo festzuhalten, die Schminke, die wie verwässerte Tusche auf seinem Kissen klebt, meine roten Wangen, von denen seine Spucke tropft.

Es ist abstoßend.

Nur wenn man fest steht, kann man sich fallen lassen.

Aber da war nur Abgrund. Und keine Fangnetze.

»Leere. Immer diese Leere!« Richards angekokste Nachrichten auf meinem Handy bedeuten, dass ich seinen Arsch stopfen soll.

Nach der letzten Episode hatte ich eigentlich beschlossen, ihn nicht noch einmal zu ficken. Aber jetzt muss ich mir etwas zurückholen. Seine Leere ist das Negativ meines Mangels.

Er lässt sich Zeit.

Ich schaue Porno auf meinem Bürostuhl, bis sein Taxi da ist. Mit drei Fingern fasse ich meine Schwanzprothese am Schaft und bewege die Hand langsam auf und ab, als würde ich die Erektion zwischen ihrer vollen Härte und graduellem Abschlaffen halten. Meine Hand tastet nach den Eiern, die weich und voll am unteren Ende kleben, fährt sanft über sie hinweg, um sich dann wieder hart um den Schwanz zu schließen. Die Adern drücken sich durch das Silikon, als pumpten sie echtes Blut in den Schwanz, den ich extra fest um meine Lenden geschnallt habe. Keinen Millimeter will ich mehr zwischen ihm und meiner Haut haben.

Ich höre, wie sich Richard durch die angelehnte Tür in die Wohnung schiebt und den Gang hinunter in mein

Zimmer stiefelt. Ohne hinzusehen weiß ich genau, was er da hinter mir tut. Diese halb angestrengte Choreo aus Spiegel-Gucken, Haare-Wischen, Mantel-in-die-Ecke-Pfeffern.

Ich beschließe, ihn noch ein wenig zu ignorieren, und schaue weiter auf den Bildschirm. Nach ein paar Minuten löse ich schweren Herzens meinen Blick von Nacho Vidals Unterarm, der gerade fast bis zum Ellbogen in *Stunningly flexible Holly Michaels* Muschi verschwunden ist, und sehe zu Richard hinüber, der sich neben mich auf den Teppich gesetzt hat.

Großmütig tätschle ich seinen Hals, fahre seinen Nacken entlang, grabe meine Fingernägel in seinen Rücken, während ich mich mit der anderen um mich selbst kümmere.

Ich klicke auf Pause, drehe den Bürostuhl zu ihm rum und ziehe die Beine an. Mein Teil wippt gemächlich auf und ab.

»Schau ihn dir gut an.«

Richards Augen folgen der Bewegung, während er auf allen vieren kniet und versucht, mit dem Mund nach ihm zu schnappen. Er bekommt ihn zu fassen und schließt seine Lippen um die schwarze Gummieichel.

Ich lasse mich nach hinten in den Stuhl sinken und drücke die Hüfte nach vorne, damit er tiefer in Richards Mund gleitet. Er muss würgen.

Sein Kopf zuckt ein bisschen zurück und seine großen, glasigen Augen starren zu mir hoch. Vielleicht weil er überprüfen will, ob mir gefällt, was er da tut. Oder weil er in Pornos gesehen hat, dass man das so macht.

Fleißig nuckelt er an meinem Ding. Die Zähne versteckt er hinter seinen Lippen und lässt seine Zunge sanft über die Schwanzspitze gleiten. Meine Finger fahren durch seine Haare und drücken seinen Kopf immer fester in meinen Schoß. Ich hab keine Lust mehr auf Zärtlichkeiten.

Tal hatte beide Hände fest auf meine Ohren gedrückt, als er mich ins Gesicht gefickt hat. Ich konnte nichts mehr hören und das Wasser stand mir in den Augen. Alles war verschwommen und gedämpft, das Einzige, das ich noch spüren konnte, war sein Schwanz in meinem Mund. Ich schiebe das Bild gewaltsam weg. Ramme es Richard in den Hals.

Er stöhnt auf, so gut es geht mit gestopftem Rachen, und krallt seine Finger in meine Waden.

Brav.

Jetzt hat er sich meinen Schwanz verdient.

Ich ziehe ihn aus seinem Mund, stütze mich an seinem Kopf ab, drücke mich nach oben und gehe um ihn herum. Im Vorbeigehen ziehe ich meinen Finger durch seinen nassen Mund und befeuchte seine kleine Mandarine. Er wimmert leise, als ich mich hinter ihn knie und seinen Nacken nach unten drücke. Ich spucke noch einmal auf meinen Schwanz und versenke ihn. Richards ganzer Körper verkrampft sich. Heute tut es ihm ein bisschen mehr weh. Die Maserung des Teppichs drückt sich mit jedem Stoß in meine Knie. Der Schmerz ist erträglich.

Mein Schwanz öffnet das Fleisch immer weiter, fast so, als würde er sich das Loch selbst graben. Bei jedem Stoß bäumt sich Richard unter mir auf. Der Anblick meines harten Glieds, über das sich glänzend die Haut spannt, lässt mich nach jedem Zurückgehen härter zustoßen. Ich ziehe ihn immer wieder heraus, um ihn besser betrachten zu können. Die Eichel schimmert perlmuttfarben, wird jedes Mal bläulicher und fester. Der adrige, harte Schaft pulsiert.

Ich packe Richard an zwei dicken Hautlappen am Rücken, um ihn wieder und wieder über meinen Schwanz zu stülpen. Mein Stoßen wird erbarmungsloser, ich spüre, wie sehr er jede Erschütterung genießt. Immer wieder dreht er sich zu mir um. Vor lauter Geilheit tropft ihm Spucke aus dem Mund, zieht einen langen Faden von seiner Lippe bis zu einer kleinen Lache auf dem Boden.

Auf einmal fühlen sich meine Hände und Füße taub an. Ich schwitze. Die Hitze konzentriert sich in meinen Lenden.

Ich kenne das Gefühl.

Eine Erregung, etwas, das nach vorne drängt. Es fühlt sich an wie ein anflutender Orgasmus. Als könnte ich kommen. Das Drängen wird immer größer, wächst von meinen Lenden hinüber in den Schaft. Fuck. Ich kann es fühlen. Er ist wirklich da. Ich habe einen Schwanz.

Ich taste nach meinen Eiern. Sie fühlen sich an, als würden sie sich zusammenziehen. Ich werde langsamer. Ich will es noch ein wenig behalten, noch kurz. Es fühlt sich so gut an.

Ich ziehe meinen Schwanz aus Richard heraus, schließe meine Hand eng um den Schaft und wichse in festen, schüttelnden Schüben. Richard hat sich umgedreht und kniet mit offenem Mund vor mir. Ich schließe die Augen und lasse meinen Kopf in den Nacken fallen. Mein ganzer Körper krampft. Ich komme.

Aus meinem Schwanz spritzt der weiße Eiter in Richards Mund. Auf den ersten Schub folgt eine kurze Leere, in die sich der zweite schiebt, der dritte, auf sein Gesicht, seine Hände, seinen Oberkörper.

Es ist viel zu viel.

Hört einfach nicht auf. Mir ist schwindlig.

Immer mehr Flüssigkeit spritzt auf den Teppich, sprudelt warm über meine Hände, während ich versuche, sie aufzufangen.

Alles ist voll. Es hört nicht auf. Scheiße.

Eine totale Dysfunktion.

Auf zitternden Beinen mache ich einen Schritt an Richard vorbei. Er schaut fassungslos. Die Beine zusammengepresst halte ich mir den Schwanz zu und renne ins Bad. Die Tropfspur zieht sich von Richards Mund bis auf die blauen Kacheln. Ich ziehe die Tür hinter mir zu und versuche, mir irgendwie das Ding vom Leib zu reißen. Mit verklebten Fingern drehe ich den Schlüssel um, während Richard hinter der Tür irgendwas murmelt.

Mein Mund ist zu faul, um ihm zu antworten. Er ist eine Hure. Eine kleine, verschissene Hure. Ich lasse ihn sich nicht mehr hochschlafen. Er hat bekommen, was er braucht.

7. PHALANSTERIUM

Das Gelee zwischen meinen Fingern zieht sich zu Tausenden Fäden. Ganz durchsichtig ist es. Jedes Mal, wenn ich Daumen und Zeigefinger auseinanderbewege, bilden sich neue feine Verbindungen.

Ich mag Tims MMS. Seit dem Weihnachtsdebakel trudeln alle paar Tage immer wieder kleine Überraschungen für mich ein.

Seit einiger Zeit speichere ich jedes Schwanzbild, das ich bekomme, sofort in meinem Archiv ab. Mittlerweile ist es eine ziemlich beeindruckende Sammlung. Ich habe bestimmt schon über 300 Schwänze. Wenn ich ganz schnell durchscrolle, werden sie zu einer fleischig-flackernden Masse.

Tim hat mir erklärt, dass in jedem digital verschickten Bild richtig viele Metadaten stecken, wo und wann das Bild aufgenommen wurde und so was alles. Deshalb ist jedes Bild sozusagen eine klebrige Verbindung zwischen mir und dem analogen Schwanz am anderen Ende des Glasfaserkabels. Weil ich das jetzt weiß und auch irgendwie geil finde, fühle ich mich ein bisschen wie ein perverser Stalker, der die Objekte seiner Begierde aus Fotos ausschneidet und sich über den Schreibtisch pinnt. So eignet man sie sich an, in kleinen, bekömmlichen Portionen. Das ist fast so, als würde man sie in echt besitzen.

Die Schwanzbilder haben irgendwas Brutales, abgehackte Körperteile in ihren kleinen digitalen Rahmen. Frauenkörper wurden schon immer in ihre Einzelteile zerlegt. In Filmen und Büchern jedenfalls.

Das weiße Bein, das sich aus der Autotür schiebt.

Die kornblumenblauen Augen.

Der fallengelassene Handschuh.

Ich küsste ihre schönen Zähne.

Partikelfrauen. Kleingehackt und eingetuppert.

In meinem Handybildarchiv tuppere ich Schwänze ein. Damit ich sie daheim in Ruhe vor dem Fernseher essen kann. Alle zusammengenommen sind sie dann fast wie ein ganzer Schwanz. Einer, der mehr ist als die Summe seiner Teile.

Ein Metaschwanz.

Tim und ich mochten uns irgendwie. Ich hatte nicht gleich geschaltet, dass es das erste Mal für ihn war, dass er einer Frau, die er noch nie gesehen hat, im Videochat seinen Schwanz zeigt. Ebay-Kleinanzeigen ist ja eigentlich auch keine Plattform für die Art von Freundschaften. Keine Ahnung wieso, aber aus irgendeinem Grund hat er der Fremden mit den unverschämten Preisvorstellungen einfach vertraut, und dann ging alles ganz schnell. Es war so leicht, als wäre es das Normalste der Welt.

Tim hat auf jeden Fall Spaß am Bilderverschicken gefunden. Das letzte Bild kam aus L. A., von einer Messetoilette auf der NAMM, the *National Association of Music*

Merchants, wo Tim an einem Messestand auflegt und dazu live singt. Die ganze Sache ist eine Werbekampagne für einen neuen Synthesizer, die mit Tims Berliner Gesicht wirbt. Er hat seine High Waist Jeans nach unten gezogen, sein strammstehender Schwanz verdeckt den Schriftzug »Doepfer« auf seinem T-Shirt, so ein Hersteller für Modularsysteme. Erst hatte ich »Opfer« gelesen. Aber Tim ist kein Opfer. Er sieht eher so aus, als könnte er einen zum Opfer machen. Was für ein Versprechen.

Trotz seines zarten Alters war Tim irgendwie hart. Ich hatte bei ihm sofort so ein Brüderchen-Schwesterchen-Gefühl. Auf die gute, perverse Art, meine ich. Vielleicht einfach Solidarität unter Rudelführern.

Deshalb war er genau der Richtige. Die Sexgruppen-Sache hatte ich schon länger vor. Eine virtuelle Sextauschbörse, in der ich die Fäden in der Hand habe. Nicht mehr selber ficken. Ficken lassen. Bisher hatte ich nur noch nicht den richtigen Schwanz gefunden. Seit dem Chat mit ihm wusste ich, dass er perfekt war. Genau das, was ich wollte.

Eine neue Prothese, die ich mir nicht mehr umschnallen muss. Einen Schwanz, den ich losschicken kann, um für mich zu ficken. Wie ich will und was ich will. Tim war sofort hin und weg von der Idee und richtete den Chat auf Telegram ein.

»Ich nehme Karl in die Gruppe auf.«
»Ok. Ich will D.«

D.

D. ist wunderschön und fast zwei Köpfe größer als ich. Neben ihr sehe ich aus wie ihre A5-Kopie. Sie ist noch ein bisschen jünger als Tim. 22 oder so. Ich hatte sie gesehen und fand sie sofort heiß. Wie sie da an dem Tisch in Davids Büro lehnte, ungeduldig mit ihren langen Fingern auf dem Holz trommelte und mich von der anderen Seite des Raums mit ihren grünen Augen anfunkelte. Nach dem Meeting lungerte ich absichtlich viel zu lange im Aufenthaltsraum des Großraumbüros herum und spielte an meiner Zigarettenschachtel, bis sie rüberkam und mich nach einer fragte.

Sie mochte meine Stimme. Das hat sie gesagt.

Sie nickte sanft und schaute fasziniert, während sie mir zuhörte. Ich wollte ihr sofort alles erzählen, ich wusste, sie will es hören.

In jedem der Worte, die sie achtsam mit ihren akkurat umrandeten Lippen formte, lagen Zärtlichkeit und Aufsässigkeit gleichermaßen. Irgendwie lechzte sie nach mehr. Das Leben, das sie lebte, war ihr nicht genug. Vielleicht war das alles auch nur so etwas wie gespielte Schutzbedürftigkeit, die die Männer wahrscheinlich reihenweise in die Knie zwingt, jedenfalls funktioniert das bei mir wirklich gut. Ich wollte sofort mit ihr schlafen.

Ihrem zarten, jungen Körper und dem makellosen Gesicht konnte man das gute Haus und das alte Geld ansehen, obwohl sie sich wie alle hier von einem schlecht bezahlten Auftrag zum nächsten hangelte und sich immer das billigste Getränk bestellte, um wenigstens ab und zu richtig betrunken zu werden. Für Drogen muss jemand mit so einem Gesicht bestimmt auch nicht bezahlen. Darin lag so etwas Entrücktes, vielleicht die Summe der Geschichten, die sie sich selbst erzählt hatte. Sie drückte sich gewählt aus und ließ, wenn auch ein wenig pubertär, aber immer an den richtigen Stellen, ihr übermäßiges Wissen über Kunst und Literatur durchblicken.

Ich begriff vom ersten Augenblick an, dass sie sich für etwas Besseres hielt und dass sie mehr verdient hätte als das, was ihr dieses Interviewmagazin, für das sie arbeitete, und die halbseidenen Sugardaddys, die sie ab und zu mit ein paar Austern und Champagnercocktails aus ihrem selbstauferlegten Prekariat hinauskomplimentierten, geben konnten. Völlig zu Recht. Vielleicht war es das, was so anzog: die Kombination aus ihrem unschuldigen Kindsgesicht und ihren dreckigen Hochschlaffantasien.

Das zweite Mal traf ich sie nachmittags in der Zweizimmerwohnung in Charlottenburg, die ihr Vater für sie gekauft hatte. Es roch nach kleinem Mädchen und alten Büchern. Ich hatte ein bisschen Cognac mitgebracht. Aus der Hi-Fi-Anlage summte Peter Sarstedt. Wir saßen uns gegenüber an dem runden Kirschholztisch und tranken aus originalen Werkbund-Tassen Filterkaffee, in den sie trockenen Marmorkuchen tunkte.

And you sip your Napoleon Brandy, but you never get your lips wet, no you don't.

Ich schwibste den Cognac in den Kaffee und kicherte, als sei ich die zehn Jahre Jüngere. D. hatte dieses Lauren Bacall-Ding drauf. Dieses Verstohlen-von-unten-nach-oben-Schauen, das schaffte sie irgendwie, obwohl sie die meisten ihrer Liebhaber wahrscheinlich um einige Zentimeter überragte.

Ich zeigte ihr ultimativ belanglose Fotos auf meinem Handy, um mich hinter sie stellen zu können. Sie neigte den Kopf zur Seite, bis ihr die Bluse über die Schulter rutschte und mich ihr elfenbeinfarbener Nacken anstarrte.

Spätestens jetzt war es Zeit, dem Geseiere ein Ende zu bereiten. Mit den Fingern fuhr ich in ihre kurzen, blonden Haare, über ihren Hals, unter den Seidenstoff und ließ meine Hand zu ihren Brüsten wandern. Sie bebte leise, als ich ihren Kopf mit der anderen Hand drehte und meine Lippen auf ihren Mund presste.

Während ich ihr Gesicht auffraß, rutschten ihre Beine nach vorne über die Stuhlkante, öffneten sich immer noch ein bisschen mehr, bis der kurze Schurwollrock anfing zu spannen.

Ich kauerte mich vor sie auf den Boden und schob mit den Händen die Knie noch weiter auseinander. Ihre kleine, geschwollene Vulva streckte sich mir entgegen.

Sie trug keine Unterhose.

So ein Schweinchen.
Sie hatte das alles geplant.

Ich griff ihre Hände und zog sie nach oben, um sie kichernd ins Schlafzimmer zu eskortieren. Am Bett baute sie sich vor mir auf und grinste mich von oben/unten an.

»Und jetzt?«

Ich machte einen Schritt auf sie zu und schubste sie rücklings aufs Bett.

»Jetzt werde ich dir die Muschi lecken und das filmen. Fürs Archiv.«

Sie verdrehte gekünstelt die Augen, als würde es sie nicht interessieren, und schob ihren Rock nach oben, bis er wie ein breiter Gürtel zwischen ihrem Schamansatz und ihren Brüsten saß, die sich unter dem transparenten Stoff abzeichneten. Während ich versuchte, die richtige Kameraeinstellung zu finden (das war gar nicht so einfach mit dem POV-Shot, wie ich mir das vorgestellt hatte), machte D. es sich mit ein paar Kissen unter ihrem Po gemütlich, knöpfte ihre Bluse auf, leckte ein bisschen an ihren Fingern herum, um sich mit den befeuchteten Fingerspitzen die Brustwarzen zu streicheln.

Meine rot lackierten Nägel kippen in das Bild, graben sich in das krisselige Dunkel ihrer Muschi, bis ich die Nachtsichtfunktion einschalte. Dann *full exposure.*

Behutsam lecke ich mit der Zunge über ihre rosa Lippen, zwischen denen sich langsam kleine, durchsichtige Teiche bilden. Ihr Stöhnen stößt das Bild nach oben, wirft ihre Brüste zu zuckenden Spitzen auf, die im Hintergrund der klinischweiß ausgeleuchteten, nass glänzenden Landschaft tänzeln. Schwarze Linien zerreißen das Bild, es rauscht, kippt, Hände zerwühlen das Laken zu tiefen Furchen, meine Spucke klebt auf ihren Schenkeln.

Ich habe das Video bestimmt schon dreißigmal verschickt.

KARL

Tim hatte Karl irgendwann zu einem Gruppenchat hinzugefügt, um gemeinsam mit mir über seine Intimfrisur abzustimmen. Von der Sexgruppe hatte ich da noch nichts erzählt, aber schon mal ein bisschen vorgefühlt.

Tim und Karl haben so eine Männerfreundschaft, in der beiden klar ist, dass der eine in den meisten Dingen, auf die es in Leistungsgesellschaften ankommt, ein bisschen besser ist als der andere. Karl ist dreimal nicht an der Kunsthochschule genommen worden, ich glaube, da ist irgendwas in ihm zerbrochen. Jetzt ist er Tischler. Er hat kräftige Oberschenkel und ein trauriges Gesicht.

Er himmelt Tim an, das schwingt in jeder Nachricht, in jeder schludrigen Bemerkung mit, wobei Tim immer wieder beteuert, dass Karl eigentlich der Erwachsenere, Souveränere von beiden ist. Kokette Hybris natürlich, aber irgendwie haben die beiden ihren Groove. Sind auch ein bisschen traurig, diese Highschool-Dynamiken, aus denen man irgendwann wohl oder übel rauswachsen muss. Meine Mutter hat immer gesagt, die, die in der Schule cool sind, sind die, die später arbeitslos werden. In Berlin ist das sowieso alles anders, da sind die Coolen ja auch alle arbeitslos und drogenabhängig, aber eben nur so, dass es noch gut aussieht neben der May Day-Mehrzweckleuchte. Außerdem ist das sowieso Blödsinn, denke ich jetzt. Die, die in der 9. Klasse schon in ihren Guess-Jacken auf dem Schulhof gepost haben, machen jetzt auch immer noch das Gleiche, nur gibt es dafür jetzt eine Institution: Casual Friday bei McKinsey. Erwachsene gibt es gar nicht.

TELEGRAM.
BETREFF: SEXGRUPPE/PHALANX 2.0

M.: Schön, dass Sie es in die letzte Runde geschafft haben. Ich bin entzückt, Sie in der virtuellen Phalanx begrüßen zu dürfen. Federmasken, rote Kapuzen und Manifeste können Sie zu Hause lassen, das Einzige, das zählt, ist die Triebkraft des Algorithmus.

Tim: Ein Hoch auf die Schwarmintelligenz!

Karl: Hip Hip!

D.: Schwanzintelligenz!

Tim: Schwarnsinterlegens.

M.: Guter Name. Tim, nenn die Gruppe bitte gleich um. Die ganze Sache mit der Liebesutopie ist eh zu hoch.

Tim: Schwarnsinterlegens?

M.: Ja.

D.: Ach, immer alles Popkultur, lass das mal richtig machen.

Tim: Hi D.! Schick mal ein Foto.

D.: Hi Tim. Ja, gleich. Bin im Büro.

M.: Schwarnsinterlegens bleibt!

D.: Aber was ist denn jetzt mit der Utopie und Fourier und so?

Karl: Fou was?

D.: Franzose, der dachte, dass die beste Lösung für fast alle Probleme der Welt in einer Produktionsgenossenschaft liegt, in der alle 1620 Mitglieder miteinander ficken. Körper statt Geld oder so.

Karl: Klingt doch topp.

D.: Eben. Die Hippies haben das bloß falsch verstanden.

Karl: Die Hippies hatten auch keine Lust auf echte Arbeit.

Tim: Gab doch auch diese Sexsekte mit den Kokosnüssen. Wo bleibt das Foto, D.?

D.: Die Kokovoren? Das war viel später. Die sind alle verreckt wegen der ganzen Kokosnussfresserei.

Tim: Tragisch. Aber da wurde auch gefickt?

D.: Keine Ahnung. Glaub schon. Kokosnutten.

M.: Betreff ab jetzt Kokosnutten. Kein Widerspruch. D., schick ein Foto von der Bürotoilette, wie du auf der Zeitung mit dem Datum von heute sitzt mit zwei Fingern in der Muschi.

Karl: Geil.

Karl: Geil Geil Geil. Also wer mit wem zuerst jetzt?

Tim: M. entscheidet, ist die Sexgruppenleiterin.

M.: D., du darfst Tim für mich testen. Ich weiß noch nicht, ob ich mit ihm schlafen will.

M. hat J. der Gruppe hinzugefügt.

Karl: Huch, wer ist J.?

M.: Siehst du gleich.

Tim: Bin gespannt.

J.: Mit wem darf ich zuerst ficken? (in die Hände klatschendes Emoji)

M.: Wer hat den Maulkorb für J.?

J.: Ich dachte, dafür sind wir hier!?

M.: Es gibt Regeln. Die bestimme ich. Alles zu seiner Zeit.

D. und Tim zuerst.

Tim ist wieder in Berlin und ich kann ihn endlich richtig in die Pläne, die ich für ihn habe, einweihen. Zuerst soll er mit D. ficken. Am besten bei ihr, ohne viel

Tamtam, nur eine Flasche Sekt und eine Packung Kondome.

Die virtuelle Phalanx aka Sexgruppe aka Schwarnsinterlegens aka Kokosnutten ist vielleicht so etwas wie die Übertragung des Metadatenarchivs in die Realität.

Der Chat bildet die Grundlage für den echten Fick. Von hier aus kann ich alles steuern. Ich arbeite kartografisch. Das Ganze ist wie »Risiko« spielen. Oder »Schiffe versenken«. *Life Action Role Playing*, bei dem es nicht um Effizienz, sondern um Befriedigung geht. Eigentlich sogar nur um Strategien der Befriedigung. Die Kunst des Krieges. D. ist meine Mainschlampe, Tim mein tapferer Schwanz. Die Kommunikation der Treffen muss immer über mich laufen. Keiner trifft sich ohne meine Erlaubnis. Ich buche für Tims Abende doppelt für den Fall, dass Eine oder Einer abspringt. Karl bekommt alles immer erst nach Tim.

Tim übertrifft bestimmt meine Erwartungen. Er ist unerschrocken, bereit, alles zu tun, was ich will. Und ich habe richtig was vor mit ihm. Alle Menschen in meinem Umfeld werden zu potenzieller Beute. Meine aufdringlichen Tinderdates für mich ficken. Journalisten ficken. Bioladenbesitzerinnen ficken. Galeristinnen ficken. Exfreunde ficken. Blogger Zwillinge ficken. Kunstkritiker ficken. Meinen Fitnesstrainer ficken. Am besten soll er alles dokumentieren. Jedes Detail. Für mein Archiv. Digital und analog.

Über meinem Schreibtisch hängt jetzt eine echte Karte.

Tims Bewegungen zeichne ich mit Pfeilen nach. Jedes Fickdate ist ein kleiner, mit Bleistift gezeichneter Satellit. Persönliche Verbindungen zwischen den Satelliten (Verwandtschaft, Beziehung, Konkurrenz, Nachbarschaft etc.) habe ich akribisch recherchiert und in unterschiedlichen Farben an die Pfeile geschrieben. Ich bin die unsichtbare, klebrige Verbindung zwischen allen. Und dafür muss ich nicht mal vor die Tür gehen.

Ich baue einen Rattenkönig. Alle werden an den Schwänzen zusammengebunden. Und Tim durchpflügt das Knäuel für mich mit seinem Prachtschwanz.

Die anderen sehen mich nie. Ich habe mich in meiner Logistikzentrale verschanzt. Irgendwie löst das Ganze in mir Paranoia aus. Ich muss die Kontrolle über die Exekutive behalten. Was, wenn die anderen sich hinter meinem Rücken treffen? Meine Anordnungen umgehen? Eigentlich kann ich niemandem vertrauen. Das Machtkontinuum ist extrem fragil.

M.: Wann treffen wir uns?
Karl: Ja, langsam wirds Zeit.
J.: Meine Rede.
Tim: Also, wann?
D.: Ok, am Freitag bei mir. Ich koch was. Alle. 8 Uhr.

Torn Pecker Schmuck weint.

Wie genau es dazu gekommen ist, kann ich nicht mehr hundertprozentig nachvollziehen. Eigentlich hat alles ganz harmlos angefangen. Und das Skript für den Abend bei D. war perfekt. Obwohl ich vor dem ersten Treffen natürlich auch ein bisschen Bammel hatte. Erst mal überhaupt wegen der ganzen Sexgruppen-Sache und weil das sozusagen mein erster öffentlicher Auftritt als Gruppenleiterin war.

Max, ein Labeltyp aus Luxemburg, der mich auf Instagram angeschrieben hat, weil er gesehen hat, dass ich am Samstag im Monarch auflege, kommt auch. Er ist halb Fan und halb Tinderdate, und weil er ganz lieb ausschaut auf seinen Fotos und so viele Follower hat, hab ich ihn auch zu dem Essen eingeladen. J. hat Torn Pecker Schmuck, ihrem erstaunlicherweise immer noch aktuellen Boytoy, von der Sexgruppe erzählt und ihn mitgebracht, damit er sich das mal anschauen kann.

Aus irgendeiner duseligen Euphorie heraus hatte ich auch noch zwei isländische Kunstkritikerinnen dazu eingeladen, die gerade in der Stadt waren und mit denen ich Sachen besprechen musste, und hatte irgendwie absichtlich vergessen, ihnen von der Sexgruppe zu erzählen. D.s Mutter hat bei ihr eine Cousine aus München und deren Freundin übers Wochenende einquartiert. D. hat gesagt, sie hätte sie eingeweiht und sie würden einfach ins Kino gehen, wenn es losginge. Das waren sozusagen die Voraussetzungen.

D. hat uns Kalbsbeinscheiben in Weißwein und Fenchel gekocht. Um sich diesem Kontext angemessen in Szene zu setzen, hat sie sich ein wadenlanges Samtkleid angezogen, zu dem sie blutroten Lippenstift und die Familienjuwelen trägt. Sie sieht aus wie ein Stepford Wife mit Kokainproblem. Fürs Dessert hat J. eine Alditüte voll stinkendem Käse mitgebracht, den sie aus Mailand im Handgepäck eingeflogen hat und der auf D.s Anordnung hin sofort in den Kühlschrank evakuiert werden musste, um die von ihr sorgsam kreierte Atmo nicht mit beißendem Gestank zunichte zu machen. Während die beiden um den Käse rangeln, habe ich mich im Schlafzimmer verschanzt, um mir YouTube-Tutorials zum korrekten Binden eines Shibaris anzuschauen.

Mein Seil ist rot, 10 Meter lang und aus dem Bauhaus. Repräsentatives Outfit für die Sexgruppenleitung, dachte ich. Gerade als ich mit dem letzten Knoten für die Schlaufe um meine Brüste fertig bin, klingelt es. Ich schnappe mir einen bodenlangen Daunenmantel von D.s Kleiderständer, werfe ihn mir über und laufe zur Tür.

Das Polyesterfutter des Mantels fühlt sich gut an auf der nackten Haut und erinnert mich an Schule, wo man nach dem Sportunterricht die Jacke sofort über das verschwitzte Shirt gezogen hat, um so schnell wie möglich von der Umkleide ins Freie zu kommen. Auf dem Nachhauseweg hat das dann immer so schön zu müffeln angefangen. Kinder fühlen sich in ihrem eigenen Gestank ja irgendwie sicher. Den hast du ganz allein gemacht. Den kann dir keiner wegnehmen.

Tim und Torn Pecker stehen vor der Tür. Karl kommt nicht. Vielleicht zu viel Selbstreflexion, vielleicht einfach Muffensausen. Zu fünft sitzen wir um den Kirschholztisch und schauen uns Max, den Luxemburger, auf Tinder an.

D. findet, er sieht aus wie ein Frettchen, J. findet, er sieht aus wie ein niedliches Frettchen, das sein feuchtes Näschen bestimmt gerne ab und zu in Muschis bohrt. 10 Minuten später steht er vor der Tür. In echt sieht er aus wie eine niedliche Waldmaus. Die Isländerinnen kommen genau pünktlich zum Essen. Kaum haben sie sich hingesetzt, trägt D. feierlich das Silbertablett mit den Kalbsbeinscheiben zum Tisch. Dicht gedrängt sitzen alle auf den Biedermeierstühlen, das Besteck quietscht auf dem feinen Porzellan. Wir reden irgendetwas.

Alle sind schon ein bisschen angesoffen. Die Stimmung ist gut. Es fühlt sich so an wie Familie spielen im Kindergarten, nur dass es Wein statt Traubensaft gibt und sich statt nassem Sandkastenholz die Shibariknoten unter dem Wintermantel in meinen Arsch drücken.

Fünf Minuten nach dem Essen hat D. im Türrahmen der Küche Tims Schwanz im Mund. Torn Pecker und J. liegen schon in der Badewanne. Ich schneide für alle anderen lächelnd Käse auf, stelle die Platte auf den Tisch und schleiche mich aus der Küche zu den beiden ins Badezimmer.

Torn hat seine nassen, behaarten Arme um J.s zarten Körper geschlungen. Sie streichelt seine Knie und strahlt dabei wie eine Königin. Neben ihr wirkt Torn irgendwie so bedürftig. Vom heißen Wasser sind seine Wangen rot, als hätte er zu lange im Schnee gespielt. Die Tür geht auf und D. zieht Tim kichernd am Schwanz ins Bad, während Max sich in der Küche mit den Essensresten und den Isländerinnen herumschlagen muss. Alle sind jetzt nackt und haben mindestens ein Körperteil im Wasser.

Ich hänge den Wintermantel an den Handtuchhaken und setze mich auf den Klodeckel, um dem fleischfarbenen Kopffüßler dabei zuzusehen, wie er seine Glieder ineinander verhakt. Zaghaftes Klopfen an der Tür.

Eine Isländerin muss pinkeln. Alle steigen wie diese Clowns aus ihrem winzigen Auto tropfnass aus der winzigen Badewanne und dem noch winzigeren Badezimmer und suchen sich irgendwelche Ecken in der Wohnung, um rumzumachen. Ich drücke mich an D. und Tim vorbei, die angefangen haben, im Gang zu ficken, während Max und die Isländerinnen, die jetzt wieder zusammen in der Küche stehen, das Spektakel in dem großen Garderobenspiegel gegenüber beobachten können.

Im Dunkel des Schlafzimmers kann ich kurz durchatmen. Alles läuft nach Plan. Ein ausgefeilteres Chaos kann ich mir gar nicht vorstellen.

Genau in dem Moment, als ich mich rücklings auf das Bett fallen lasse, um ein wenig die Decke zu begaffen, klingelt es.

Da D. immer noch mit Tim zugange ist, raffe ich mich wieder auf, um die Tür zu öffnen. Als ich auf den Flur trete, sehe ich, dass Tim mir zuvorgekommen ist. Nackt steht er im Türrahmen und streckt der Münchnerin und ihrer Cousine seinen 27cm-Ständer entgegen. Sie sind fasziniert wie von einem Zugunglück. Er fragt, ob sie nicht mitmachen wollen bei der Party. Die Münchnerin dankt ab und lacht dabei wie eine Bayerin.

Im Schlafzimmer nimmt mittlerweile Torn Pecker J. a tergo. Ich setze mich aufs Sofa, kuschle mich in den Mantel, schaue ein bisschen zu und drehe dabei Zigaretten für später.

Tim und D. kommen dazu, bewundern Torns Stoßkraft. Inspiriert zieht Tim D. zum Bett und fängt an, sie direkt daneben zu vögeln. Torn Pecker schwitzt. Torn Pecker rammelt. J. wird von Lachanfällen geschüttelt. Gierig knabbere ich mir die überstehende Nagelhaut von den Fingern und ziehe mir alles genüsslich rein. Ich bin im Sexkino. Und das hier ist mein Skript.

Immer wieder sieht Torn ein wenig verstört zu dem beneidenswert geschmeidigen Fick neben ihm hinüber, bis er schließlich aufhört. Sein Schwanz ist nicht mehr hart. J. lässt den Kopf in den Nacken fallen, zieht den halbharten Schwanz aus sich heraus, sagt: »Meine Mutter ist Psychologin, ich weiß, wie man damit umgeht«, holt im gleichen Moment aus und schlägt ihm einmal mit der flachen Hand auf den Schwanz. Sofort ist er wieder steinhart und zeigt pfeilgerade in J.s Richtung. Wir lachen. Alle ficken weiter.

Ich verlasse meinen sicheren Posten, um Tim zum Abschluss die Faust in den Mund zu stecken. Torn Pecker kommt überstürzt. Aus seinem Gesicht fällt Wasser auf J.s Rücken und vermischt sich mit dem Sperma.
Er weint. Vielleicht erträgt er es einfach nicht.

8. POV / SAAT

In kurzen Intervallen lässt J. immer wieder heißes Wasser in die Wanne laufen. Der Dampf hat die Doppelglasfenster schon mit einem milchigen Film überzogen. Nur an der Stelle, an der sie gestern Nacht ihre Hand auf die Scheibe gepresst hat, kann man die roten und weißen Lichter auf der anderen Seite der Gleise sehen. Sie ist tief in das halbvolle Becken gerutscht, um nicht zu frieren, während es sich langsam füllt.

Die Badewanne ist so eine eingebaute, die man an einem Griff unter der Spüle herausziehen muss, wenn man sie benutzen möchte. Sie ist mit billigem Furnierholz verkleidet, das die Feuchtigkeit schon ganz zerbissen hat. Als J. vor zwei Jahren in die Wohnung einzog, hat sie sich über die Wanne in der Küche am meisten gefreut. Das Klo ist auf halber Treppe draußen im Treppenhaus. Wenn man eine Blasenentzündung hat, ist das die Hölle. In den 90ern war das bei fast allen Altbauwohnungen im Berliner Osten noch so, aber mittlerweile sind fast keine mehr davon übrig geblieben. Die Wohnungen sind jetzt alle luxussaniert. Das bedeutet eigentlich nur, dass unten im Hausflur weiße Briefkästen hängen und es ein richtiges Badezimmer gibt. Und die Miete ist dann doppelt so hoch.

Der Strahl ist dünn und die Wanne füllt sich nur langsam. Das Wasser ist mittlerweile lauwarm und lässt einen hoffen, es würde jeden Moment wärmer werden. Das liegt an dem Boiler, der nicht für die Wanne konzipiert und so klein ist, dass er nur ein paar Tassen Wasser fasst. Vielleicht auch daran, dass die Wohnung im obersten Stock liegt und das Wasser schon müde ist, wenn es hier oben ankommt. Die letzte Wärme der Briketts, die gerade in dem Kohleofen im Wohnzimmer verglühen, reicht nicht, um auch den Flur und die Küche warmzuhalten.

J.s Zehen, die am unteren Ende der Wanne aus dem Wasser schauen, sind schon ganz verschrumpelt, was man in dem schummrigen Licht der kleinen Klemmleuchte aber kaum sieht. Wenn man durch den Briefschlitz in ihrer Wohnungstür lugt, kann man ihren Nacken und die nassen blonden Haarspitzen sehen, die über den Rand der Wanne fallen und von denen das Wasser auf die Dielen tropft. In der Wanne liegt sie immer ganz still. Sie mag die Geräusche, die aus den Wänden kommen, das tropfende Wasser und das kalte Surren der Neonröhren. Wenn man die Augen schließt, hört es sich ein bisschen nach Urwald an. Die Wanne ist nicht dicht und manchmal bildet sich darunter eine kleine Lache, die man gar nicht richtig sieht, während man drin liegt, nur die dunkle Stelle, ein paar Tage später, wenn das Wasser schon in den Boden gesickert ist. Die Nachbarn unter ihr haben sich schon ein paar Mal über den stetig wachsenden Wasserfleck an ihrer Küchendecke beschwert. Deshalb hat J. vor ein paar Wochen Epoxidharz unter die

Wanne gekippt. Vielleicht war das keine so gute Idee. Jetzt kann das Wasser, das schon im Boden ist, nicht mehr verdampfen.

Der poröse Beton unter der versiegelten, luftdichten Oberfläche ist so bestimmt ein ideales Schimmelbiotop. Sie versucht, nicht mehr so viel darüber nachzudenken. Handwerker dürfen auf keinen Fall in die Wohnung. J. wohnt hier zur Untermiete, mehr oder weniger illegal. »Aus Solidarität zu prekär lebenden Künstlern«, sagt der Hauptmieter, der gerade von einer Residency zur nächsten hopst und deshalb nie in seiner Wohnung ist. Sie hat Angst, dass er selbst bald auch wieder zu einem wird und sie wieder rauswerfen muss. Einen Mietvertrag gibt es nicht.

Die Wohnung liegt mitten in dem verlorenen Gebiet zwischen Treptow und Friedrichshain. Ein kleines Stück Stadt, das so egal ist, dass man es vergisst, wenn man niemanden kennt, der dort wohnt. Außer J. wohnt niemand da, den sie kennt oder den irgendjemand kennt, den sie kennt. Es ist einsam. Zwischen den Autolackierereien und Containerlagern stehen ein paar vereinzelte Mehrfamilienhäuser herum, in denen die Familien Unterschlupf fanden, die sich in ihrem Wunschviertel, ein paar Straßen weiter um den Boxhagener Platz, keine Wohnung mehr leisten konnten.

Vom Trubel auf der Warschauer Brücke, die nur 400 Meter die Straße runter liegt, bekommt man hier unten nichts mit. Abgesehen von ein paar verirrten Touristen und den zwielichtig-sympathischen Gestalten, die bereits um fünf Uhr nachmittags untergehakt und torkelnd aus der »Glühbirne« kleckern, ist die Straße fast zu jeder Tageszeit menschenleer. Manchmal findet J. die Stille fast bedrohlich. Vor allem, seitdem sie die Schlagzeilen gelesen hat, die vor den sich im und jenseits des Partyareals hinter der Brücke anstauenden Fäkalien warnten. Die Ursuppe aus Ratten, Urin und Menschenkot, die sich zwischen *Suicide Circus* und *Matrix-Club* (»365 Tage im Jahr feiern«) auf der anderen Seite zusammengebraut hat, stellt laut Innenministerium eine reale Gefahr für das Ausbrechen einer neuen Pestepidemie dar. Vom Fenster aus sieht man Wellblechcontainer, Schienen und den Fernsehturm. Der Blick auf die O2 World bleibt J.s Wohnung zum Glück erspart.

J. hat unendlich viele Pflanzen. An jeder Stelle, die im Verlauf des Tages vom Sonnenlicht gestreift werden könnte, stehen großblättrige Zierbäume, Tillandsien und Kakteen. Knorzige Bonsais, die ihren ganzen Stamm Richtung Fenster verdrehen. Dazwischen Tierpräparate, ein Marder, ein Fasan, ein Leguan. Von jeder Reise bringt J. eins mit.

Wegen der kleinen Zwergnatter aus Mexiko, die sie sorgsam in zwei Pullis gewickelt im Handgepäck einschmuggeln wollte, hatte es am Zoll in Tegel ziemlich großen Ärger gegeben. J. musste zusehen, wie die Beamtin mit der schwarzrot gefärbten Igelfrisur die Natter mit spitzen, behandschuhten Fingern aus den Pullovern befreite, um sie dann auf einem Aluminiumtablett mit einem Taschenmesser entlang der Bauchseite aufzuschlitzen. Zwar war der Schlangenkörper nicht, wie von den Polizisten mit großer Wahrscheinlichkeit vermutet, bis zum Anschlag mit Kokain gefüllt – gegen das europäische Tiererzeugnisse-Handels-Verbotsgesetz verstieß das Einführen toter Giftschlangen trotzdem.

Das Grün der Pflanzen säumt den schweren, ausgebleichten Perserteppich auf dem Wohnzimmerboden wie einen Teichrand. Die Regalbretter über dem schweren Stahlschreibtisch, der vor einem der Büros einer Autovermietungsfirma am Ende der Straße stand, sind vollgestellt mit Fossilien und Muscheln, aus denen kleine LEDs leuchten. Zwischen ihnen liegen Keramiken, die im Brennofen zerbrochen sind und deshalb nicht mehr verkauft werden können. Mit etwas Klebstoff zusammengedoktert und in die richtige Ecke gerückt finden sie Schutz in dem gelb-grün-rot blinkenden Miniaturdschungel. Auf den rotlackierten Dielen sieht man noch die Spur der Wassertropfen von der Wanne bis zum Ofen. Mittlerweile haben sich auf den beschlagenen Fenstern kleine Rinnsale gebildet, die sich zu den Holzrahmen schlängeln, auf denen sich der Lack so zusammenrollt, dass er abblättert. Der Badeschaum hat aufgehört zu knistern.

An der Wand über dem Küchentisch hängen fünf verkohlte Pizzen nebeneinander wie die Weltuhren über den Beratungstischen in Reisebüros. Die verkohlte Primavera zeigt auf 6 Uhr. J. sagt, das sei ihre Glückswand. Antragsschreibzeit ist Weltzeit. Jede der im Ofen vergessenen Pizzen ist ein Mahnmal für die endlosen Stunden, die gezählten Sekunden, in denen sie die immer gleichen, verblümten Mantren in mittlerweile perfektioniertem Antragsdeutsch in ihren Computer tippt, um eines der Stipendien abzugreifen, das sie nach Buenos Aires bringt, nach Kerala oder nach L. A. J. will immer irgendwo hin, wo es warm ist. Die kleine Digitalanzeige der Mikrowelle blinkt. Obwohl die Umstellung schon ziemlich lange her ist, ist die Uhr immer noch auf Sommerzeit eingestellt. Minus eine Stunde, es ist also 21.26 Uhr.

J. MIT D.

J. 21.46:
D. !
D. 21.50:
J. !
J. 21.52:
Wo bist du?
D. 21.53:
Hier.
Fahr endlich nach Hause.
Ging noch ewig hier.
Hab heute ausgerechnet,
dass ich 3,89 die Stunde verdiene.
Fuck it.

Nächsten Winter komm ich mit dir mit nach Mexiko und such mir einen profitablen Hochlandschnurrbart. Aber jetzt bin ich noch in der U8. Herrengedeck?

J. 21.55:

Lieg schon im Wasser.

Gerade aus dem Studio heim.

Ich bin so dreckig.

Willst du mich waschen?

D. 21.56:

Alles besser als BVG.

J. 21.56:

Auch versetzt werden?

D. 21.56:

Tell

Me

Everything

J. 22.00:

Tim ist nicht aufgetaucht.

M. wollte ihn herschicken.

Es gab einen Plan.

Mit mir hatte der nichts zu tun.

M. wollte dann kommen.

Ist sie aber nicht.

J. 22.02:

Ich hab die Küche wieder geflutet.

Vielleicht ist gleich der Strom weg.

Sicherung kaputt.

Bei M. auch.

Die ist durchgeknallt.
Ping.
D. 22.04:
Ping Pong.
Knall?
Urknall.
Apokalyptisches Konfetti.
J. 22.07:
Kältetod durch meinen Boiler oder durch M. Ihre Aktionen frigidisieren mich noch. A fridge is a fridge is a fridgified bitch. Aber ohne M. gibt es ja noch die Welt und die ist ja trotzdem ein Buffet voller Schwänze. Nur sterbenslangweilig.
D. 22.17:
Was ist passiert?
J. 22.18:
Dunno. Übersteuert. Schwanzgesteuert.
Ich versteh nicht mehr was sie da mach.
D. 22.19:
Wie wars früher?
J. 22.21:
Früher. M. und ich.
Kein Brunch.
Keine verfickten Beziehungsgespräch.
J. 22.22:
Immer WIR. Wir waren ein Circle Jerk. Sozusagen.
D. 22.23:
Eine Zweifrau-Wankchai.

Wie ... Em Pom Pi Kolonie Kolonastrix.
Erinnerst Du dich?
J. 22.18:
Akademie. Safari.
Akademie. Puff Puff.
D. 22.37:
Haha UdK
J. 22.39:
M. und ich
breitbeinig dagesessen
schwarzen Kaffee getrunken
rohe Zwiebeln gegessen
war uns egal
wenn einer das stumpfsinnig fand
war ja unser Stumpfsinn
D. 22.50:
Sorry.
Bin wieder da. Zu weit gefahren wegen der kleinen Oma die immer singt *My Heart Will Go On* in der U8 mit dem Kassettenrekorder im Alditrolli. Herzzerreißend schön. Hab fast geweint Leider kein Kleingeld dabei.
J. 22.53:
Wo ist M. wenn man sie braucht? Wenn man Chlamydien hat, braucht man jemanden der einem eine Wärmflasche macht. Ich bin schon so alt. Bald installier ich Tinder in meinem Rollator. Dann kann ich swipen und fahren gleichzeitig. Auf dem Weg zum miniMAL. Ich streng mich schon richtig an um mich selbst auszutricksen.

Ach D. Wie sind wir hier gelandet?

D. 23.10:

SO schlimm ist es jetzt auch nicht. M. dreht bisschen frei. Jetzt macht sie ihren eigenen Circle Jerk. Solo Spin. Bin jetzt daheim. Und muss schlafen. So done.

J. 23.21:

Wir sind auch done. Wir sind alle done. Mehr geht nicht mehr. War ein grandioser Fick. Danke.

D. 23.31:

Si, Si, gerne, J.

J. 23.46:

Wir sagen Si, Si, Si. Wir sagen No, No, No.

J. 23.51:

Akademie Safari Akademie

J. 00.02:

Puff Puff.

9. FICKEN 3000

20.46 Uhr. Mein Handy leuchtet, wenn es stirbt. Ununterbrochenes Ping, Ping, Ping in meiner Hosentasche, J.s Name auf dem Screen, dann alles weiß, ein letztes, gleißendes Gähnen: Tot.

Ich sollte wirklich mal zum Reparaturspäti.

Noch 21 Stunden bis zu meiner Ausstellung.

Ich spüre mich kaum. Abgesehen von meinen unerträglichen Kopfschmerzen. Die Handyleiche lasse ich in meinen Beutel fallen und krame nach den Zigaretten. Im eisigen Wind schieben sich die immer gleichen Gesichter nervös auf den Stufen vor dem Martin-Gropius-Bau hin und her. Den Blick auf den Boden gerichtet, um wahrscheinlichen, zähen Begrüßungsszenen aus dem Weg zu gehen, grabe ich mich durch die klirrende und rauchende Menge, um mich ganz nah an eine der großen Säulen in deren Windschatten zu kauern. Ich rauche eine nach der anderen bis die Schachtel leer ist, bevor ich mich aufraffe.

Der Gropius-Bau ist vielleicht das danebenste Gebäude Berlins. Irgendwie komme ich mir hier immer vor wie im falschen Museum. Hinter der prunkvollen Neorenaissance-Fassade würde man eher eine historische Sammlung erwarten, etwas Großes, Altehrwürdiges, Mammutknochen, römische Amphoren, Schlachtenbilder, einen Riesenhaufen magischer, identitätsstiftender Scheiße eben. Stattdessen sieht es drinnen aus wie in einem leergefegten Puppenhaus einer verwöhnten Fin de Siècle-Tochter, in dem die zeitgenössische Kunst verschüchtert an den Stellwänden hängt wie in einem Pop-up-Store. Zum Glück gibt es den von schwarzen, marmornen Säulen umgebenen riesigen Lichthof, der alles, was man in ihn hineinkippt, sofort nach Geburt der Tragödie oder zumindest nach tadelloser Hochkultur aussehen lässt.

Mit Kurt bin ich im Keller verabredet. Eröffnungen hier sind immer Massenveranstaltungen, aber diesmal ist es Omer Fast, Kurt wollte unbedingt hin. Vielleicht um mir zu zeigen, wie er Omer die Hand schüttelt. Ich habe mich breitschlagen lassen. Zuhause würde ich eh nur herumliegen, dachte ich, so kurz vor irgendeinem wichtigen Ding ist absolut nichts mit mir anzufangen. Es ist dann immer ein bisschen so, als würde mein Körper in sozialen Winterschlaf fallen, tagelanges, dumpfes Schockgefrostetsein, bis ich wieder funktionieren muss. Eigentlich stimmt das nicht, die Schockfrostigkeit dauert meist sogar viel zu lange an, so lange, bis der Eröffnungstag wie in einem Schleier an mir vorbeigezogen ist, während ich lächelnd und nickend im *Sleep Mode* gefangen bin, und der einzige Gedanke, den ich zustandebringe, ist der, mich zu fragen, ob man an meinem leeren Blick erkennen kann, dass ich eigentlich gar nicht da bin.

Kurt hockt schon auf dem Boden vor der Garderobe und spielt mit seinen Schnürsenkeln. Neben den Toiletten gibt es ein kleines Video-Kino. Kurt ist Künstler, malt zwei Bilder im Jahr und redet die ganze Zeit darüber. Er gehört zu Richards allerersten Zöglingen, die er bis heute trotz der lausigen Ablieferungsrate großzügig aufpäppelt. Richards Instagram-Account ist voller Selfies von ihm und Kurt, da drücken sie ihre Wangen aneinander, strahlen überglücklich in die Kamera und der Hashtag lässt vermuten, dass die Freude über diese Zusammenkunft erst nach dem vierten Gin Tonic artikuliert wurde:

»Great Dinner with @kurtthekurt. Such a great place. This makes Berlin really great.«

Ob die Tatsache, dass Kurt bei den Galerie-Dinnern immer neben Richard sitzt und ihm unter der Tischdecke ein bisschen den Oberschenkel krault (J. hatte einmal in einem guerilladetektivischen Anfall vorgetäuscht, sie hätte ein Hühnerbein verloren, um das zu überprüfen), etwas damit zu tun hat, kann ich nicht sagen. Vielleicht auch nicht. Kurts Bilder sind jedenfalls wirklich ganz gut und auf angenehme Weise verstörend naiv.

Kurt ist überall. Auf jeder Eröffnung, jedem Talk, jeder Messe. Dort fläzt er mit seinem dünnen Körper und breiten Grinsen auf den Kunstledersitzsäcken und wartet darauf, dass das Laufpublikum zu ihm kommt. Bleibt einer stehen, steht er selbst nicht auf, sondern streckt seinen sehnigen Arm lustlos wie eine Katze, die faul nach einem vorbeifliegenden Schmetterling wischt, und ohne sich einen Zentimeter mehr zu bewegen, als er müsste, zu einem labbrigen Handschlag aus.

Vielleicht weil er wirklich so faul ist, oder weil er so aussehen will, als wäre er es. Ich finde Kurt jedenfalls ok. Es gibt weitaus unangenehmere Gestalten in seinem Umfeld.

Kurt schickt mir oft Emojis. Meist ohne Text. Nur Emojis. Ein Einhorn zum Beispiel oder einen Feuerball.

Soziale Medien sind der Freifahrtschein, alles zumindest versuchen zu können.

Hey, na, emoji, emoji, los gehts.

Jeder ist anschreibbar. Potenziell fickbar. Kurt will mich ficken, glaube ich, aber ich frage mich, ob er denkt, dass das mit den Emojis wirklich funktioniert. Heute hat es immerhin mit der Verabredung geklappt: »Omer Fast 2night? Schreiemoji, Feuerball.«

»Komm mit!«

Ich ziehe ihn am Wachpersonal vorbei in die Damentoilette. Der Wachmann schreit uns nach, das wären hier getrennte Klos, wir sollen da wieder rauskommen. Ich stelle Kurt vor den Waschbecken ab, gehe wieder raus und sage: »Sind Sie blind, das ist Transgender«, ohne selbst zu wissen, was das eigentlich bedeuten soll, mache auf dem Absatz kehrt und gehe wieder rein.

Kurt will irgendwas Verrücktes machen und tanzt deshalb mit seinem Seidenschal vor dem Spiegel, während ich pinkle. Ich öffne die Klotür, ziehe den Rock nach oben, Unterhose nach unten und lasse laufen. Kurt zündet sich eine Zigarette an, ignoriert die anderen Frauen, die ihn und die offene Klotür misstrauisch beäugen, und trommelt dazu im Rhythmus meines Plätscherns gegen den Mülleimer. Als ich fertig bin, laufe ich mit hochgezogenem Rock und der Unterhose in den Kniekehlen aus der Kabine. »Es gibt kein Klopapier«, sage ich und strecke Kurt die Hand hin. Er schaut verdattert. Weil er zu lange braucht, um zu verstehen, greife ich nach seinem Seidenschal, ziehe ihn ihm von den Schultern und mir durch die Beine. Jetzt ist alles schön trocken. Sorgfältig wickle ich den Seidenschal wieder um seinen Hals. Wir lachen. Vielleicht will ich auch verrückt sein. »Komm, wir gehen was trinken«, sage ich und nicke Richtung Tür.

Oben vergreifen wir uns an dem schlechten Wein und drehen eine fadenscheinige Runde durch die Ausstellung. Mit Kurt an der Seite geht das alles ganz gut, er liebt Smalltalk und ich kann danebenstehen und glotzen. Ich mag Omer Fasts Arbeiten, und wäre ich nicht so dumpf und nicht Eröffnung, würde ich sie mir vielleicht sogar ansehen. Es ist viel zu voll, als dass die hereindrängenden Massen sich von der quäkenden Durchsage, die Ausstellung schließe um 22 Uhr, und den verzweifelten Versuchen der Wachmänner, Leute nach draußen zu bugsieren, beirren lassen würden. Omer steht, dicht umringt von seinen Fans, auf der Balustrade im ersten Stock, als wir vorbeigehen. Kurt winkt ins Nichts und tut danach so, als hätte das jemandem gegolten, der hinter Omer stand. Ich tue so, als hätte ich es nicht gesehen.

Während wir drinnen auf das Taxi warten, exe ich zwei Gläser säuerlichen Wein und klemme mir für den Weg zwei volle Flaschen unter meine Jacke.

»Falafel?«, fragt Kurt, als wir auf der Rückbank sitzen. Unter seinem selbstbemalten Seidenschal, der jetzt nach Pipi riecht, ist er natürlich Vegetarier. Wir fahren die Urbanstraße runter, um zu sehen, ob noch etwas offen hat. Die einzigen Läden, in denen man halbwegs nüchtern essen kann, schließen schon zu einer Zeit, in der ich nie Hunger habe.

»Warst du schon mal im ›Ficken 3000‹?«
»Nein.«
»Halten Sie hier, bitte.«

Der Taxifahrer bremst scharf und hält auf der linken Fahrspur, während Kurt schon den Zehner unter der Kopflehne hindurch auf den Beifahrersitz fallen lässt und wir beide geschmeidig von den Sitzen rutschen.

Das Ficken ist ein alter Schwulenclub in der Urbanstraße, er ist länger da als wir alle. Früher war es wirklich ein reiner Schwulenladen, mittlerweile hat aber auch der Rest der Kreuzköllner Jungkreativen gecheckt, dass sich im Kontextglanz der Homo-Realness ganz glamourös abhängen lässt, weshalb die Schwulen jetzt zum Ficken in den Keller müssen.

Obwohl es eigentlich noch früh ist, hat sich zwischen den Metallabsperrungen schon eine beachtliche Schlange gebildet. Dienstag ist immer Lohntütenball. Einlassstop. Ich hoffe, der Türsteher erkennt, dass ich die bin, die ihm das letzte Mal Pfeffi in seinen Hosenschlitz geschüttet hat, ziehe Kurt an der Schlange vorbei und drücke die Klingel. Die kleine Luke schnalzt auf und ich schaue gespannt, ob wir reinkommen. Die Luke fällt zu, die Tür öffnet sich.

Der Laden ist nicht besonders groß. Nach dem Eintreten steht man sofort mitten auf der Tanzfläche, das DJ-Pult im Rücken. *Wellcum to the pleasuredome* steht auf einem Sticker über der Bar. Ich finde, das klingt ein bisschen so wie etwas, das H. P. Baxxter monumentalverstärkt von der Siegessäule in die neonfarbene Volksversammlung unter ihm brüllen könnte. Alles hier ist so unfassbar 90er, dass es wehtut. Die Decke ist mit Hunderten CDs gepflastert, die funkeln wie unbeholfene Diskokugelspiegelchen. Aus jeder Ecke kippen alte Röhrenfernseher, auf denen überall der gleiche Porno in schwarz-weiß läuft, nur über dem Eingang zum Keller läuft das Ganze in Farbe.

Ich bestelle uns zwei Gin Tonic und frage nach dem Schlüssel für die Toilette. Vielleicht ist das ein Relikt aus der Zeit, in der sich nur ab und zu eine Frau hier reinverirrte, vielleicht will Bernd, der Chef, aber auch einfach unterbinden, dass alle dort ficken statt im Darkroom im Keller.

Bevor ich zum ersten Mal mit Anfang 20 einen Darkroom von innen sah, hatte ich relativ abstruse Vorstellungen davon, wie es da aussieht und was darin passiert. Ich erinnere mich, dass ich immer dachte, es gäbe davor so eine Art Umkleidekabine, in der man ordentlich die Mäntel aufhängt, bevor es losgeht, wie im Schwimmbad. In jedem Schließfach hängt dann ein grauer Plastikbügel mit so einem großmaschigen, cyanfarbenen Netz, wo die Unterhose reinkommt.

In Wirklichkeit haben alle kleine Rucksäcke, die unten ein bisschen dreckig sind, als wäre irgendwann mal was drin ausgelaufen. Die Socken und Schuhe lassen alle an, und meistens auch die Unterhose.

Ein bisschen mulmig war mir da drin trotzdem immer zumute, nicht in erster Linie wegen der ganzen frei flottierenden Schwänze, sondern vor allem, weil man nie weiß, wie dreckig es da unten wirklich ist und in welche Flüssigkeit man gerade langt, wenn man sich an der Wand abstützt. Daran ändert auch die Tatsache nichts, dass die Oberflächen sich wie stinknormale Eckkneipenwände anfühlen – im Gegensatz zu meiner idiotischen Erwartung, alles da unten wäre mit Imipolex G. oder zumindest schwarzem Latex ausgekleidet.

Ich hab keinen Rucksack.

Die ganze sexuelle Energie hier hat nach der Ausstellung irgendwie was Ehrliches. Als ich aus der Exiltoilette wiederkomme, tanzt Kurt mit unseren zwei Gläsern zwischen all den schönen Schnauzbärten, Halbglatzen und

80er-Jahre-Jogginganzügen. Leder gibt es hier eigentlich nicht, das würde die Ganzheitlichkeit dieser schmusigen Homoästhetik auch irgendwie durcheinanderbringen, denke ich.

Nach drei Drinks ziehe ich Kurt zur Treppe in den Keller. Er hat Bock. Hier unten riecht es nach Moos und Sperma. Der Darkroom ist kreisförmig angelegt, deshalb ist es schon nach wenigen Schritten ziemlich schwierig, den Ausgang wiederzufinden. Es ist so wie in einem riesigen Schneckenhaus, jeder Schritt führt unweigerlich immer weiter rein in die Spirale. Selbst wenn man umkehrt und wieder zurückgeht, kann es sein, dass man am Ausgang vorbeiläuft und dann, ohne es zu merken, von der anderen Seite wieder in dieselbe Windung hineinstolpert. Am Rand des Ganges reihen sich die kleinen Kabinen nebeneinander. Hier unten fühle ich mich ein bisschen wie Alice hinter den Spiegeln und rechne hinter jeder Biegung mit dem Schildkrötensupperich. Alle paar Meter kommt das ledrige Schnaufen der alten Männer in den Ecken ganz nah. Ich weiß nicht, ob sie Sex haben oder einfach nur ihre halbsteife Stange kneten. Hier unten ist im Vergleich zu oben noch ziemlich wenig los. Zu spät für Falafel und zu früh fürs Ficken. Monatsende.

Kurt klammert sich an meinen Arm und flüstert, er würde gerne an die frische Luft. Ich bin irgendwie beflügelt und fange an: »Willst du, willst du nicht, willst du, willst du nicht, willst du mit mir tanzen gehen?« in sein

Ohr zu summen, während ich seine Hose öffne, seinen Schwanz in die Hand nehme und anfange, ihn ein bisschen zu wichsen. Kurt klammert sich noch ein bisschen fester an mich und stöhnt. Ein paar der Schnaufer kommen immer näher, als wären wir in einem Zombiecomputerspiel, da ist es auch immer so dunkel. Auf einmal spüre ich Hände auf meinem Körper. Es sind mehr als zwei, aber weniger als sieben, rate ich. Sie tasten klapsend den Kopf ab, fühlen meine langen Haare, ziehen am Zopf, um dann sofort in Richtung Brustkorb zu wandern und dort ihre Befürchtung bestätigt zu finden. Sie halten dann inne. Es folgt der obligatorische Griff in meinen Schritt, fluchtartiges Abziehen, das nächste Händepaar ist schon zur Stelle.

Ich bin durstig. Kurt merkt gar nicht, dass mittlerweile eine andere Hand an seinem Schwanz zugange ist. Ich löse meinen Arm aus seinem Griff und überlasse ihn seinem Schicksal.

Mich mit beiden Armen an den Wänden entlangtastend krabble ich rückwärts nach oben, finde auf Anhieb den speckigen Moltonvorhang, durch den ich mich durchschiebe und die Treppe nach oben klettere.

Die ganzen brühwarmen Erwachsenen, die am nächsten Tag zur Arbeit müssen, haben die Tanzfläche mittlerweile geräumt, und der Laden füllt sich langsam mit jungen Schönlingen, die jetzt erst kommen. Wir waren definitiv zu früh dran. Ich bestelle mir noch einen Gin

Tonic und bekomme einen dazu. Zwei zum Preis von einem wegen der Lohntütensache, kostet fünf Euro glatt.

Auf den Eckbänken sitzen noch eine Handvoll ältere Herren. Irgendwie haben sie etwas Ehrwürdiges mit ihren Lederjacken, den abgewetzten Anzughosen, die vor 15 Jahren für sie maßgeschneidert wurden und den dichten, graumelierten Koteletten. Den einen kenne ich von *City Chicken* auf der Sonnenallee. Er heißt Nâzım, kauft dort seinen Hummus wie ich und führt ein gut laufendes Taxiunternehmen. Die meisten der Männer haben eine sehr viel jüngere Begleitung an der Hand oder auf dem Schoß. Vielleicht ist es manchmal einsam zu zweit. Ich frage mich, ob sie sich von unten kennen, von Grindr oder einfach vom Tresen. Vielleicht auch aus der Cruising-Area in der Hasenheide, da stehen zwischen den Büschen junge Männer Spalier, wenn es dunkel wird. Die meisten kommen aus Syrien oder Afghanistan. Wenn man keine Arbeitserlaubnis hat und eine fünfköpfige Familie, die man da lassen musste, wo früher mal zu Hause war, und die man von hier aus irgendwie durchfüttern muss, ist das vielleicht die einzige Option, die bleibt.

Die älteren Herren hier sehen so aus, als wären sie Väter oder Großväter und wahrscheinlich verheiratet. Sie sind sicher liebevolle Ehemänner, schlafen mit ihren Frauen in einem Bett und gehen hierher statt ins Herrencafé.

Ich frage mich, ob sie hier nach Liebe suchen. Vielleicht ist es naiv, das zu denken, und sie sind einfach nur

Freier oder wissen, dass sie mit ihren dünngewaschenen Hemden, dem süßen Duft nach Schwarztee und holzigem Parfüm und den ernsten, dunklen Augen von kleinen weißen Jungs mit Daddyissues zur idealen Wichsvorlage exotisiert werden.

»Warum sitzt du hier?«

Neben mir steht auf einmal Olli, ein Bekannter von früher, der mich immer noch auf seine Geburtstagsraves einlädt, warum weiß ich nicht. Sein harter Schwanz zeichnet sich in seiner Sporthose ab. Ich fasse hin. Er lacht. Ich hab noch nie mit einem Schwulen gefickt, die meisten, die ich kenne, schreckt schon die Vorstellung einer Muschi total ab. Vielleicht macht's das besser?

Er grinst und zieht mich auf die Straße. Olli sagt: »Wir warten noch kurz auf zwei andere Jungs«, ich winke nach dem Taxi. Die beiden, die aus dem Laden und uns in die Arme fallen, sehen ein bisschen so aus wie die attraktive Version von Zwiddeldum und Zwiddeldei. Beide Marmorteint, blondes, raspelkurzes Haar, schwarze Cappies und enge, weiße Jeans. Mit drei so schönen Männern neben mir fühle ich mich gleich aufgewertet. Im Taxi entscheiden wir, dass wir zu dem fahren, der Fitnesstrainer ist.

Die Wohnung sieht aus wie die Wohnung eines Dealers in einem Tatort aus den 80ern. Oder vielleicht so wie die von Trump, wenn er arm wäre. Sobald wir zur Tür rein sind, packt Olli das Koks auf den Spiegeltisch und teilt es in vier kleine Dünen auf.

Es ist viel stärker als sonst. Sie mischen es mit Speed oder irgendwas anderem. GHB gibt es auch.

Eine halbe Stunde später radle ich freihändig auf dem silbernen Fitnessgerät aus dem Teleshopping und halte mich an Zwiddeldums und Zwiddeldeis Schwänzen fest. Olli zieht noch mehr Koks und knetet seine halbschlaffe Latte.

Ich trete richtig krass in die Pedale. Vielleicht bekomme ich so das Speed schneller raus. Das Herzrasen fühlt sich so ganz okay an und ich schwitze, was das Zeug hält. Ich lasse von den beiden ab, halte mich an dem glitschigen Lenker fest und schaue den dreien zu, wie sie sich Kondome überziehen und anfangen zu vögeln. Ich muss an die Schwarz-Weiß-Pornos aus dem »Ficken« denken und finde, dass das hier eigentlich viel besser aussieht. Die blassen Nacken, ihre schönen Hände, die sich über die schwitzenden, stählernen Körper tasten.

Ein bisschen fühlt es sich auch wirklich so an wie im Fitnessstudio. Alle machen das Gleiche, zusammen in einem Raum, aber jeder für sich, nicht allein und nicht gemeinsam.

Wir wissen genau, warum wir hier sind. Weil wir uns die Birne freistrampeln müssen. Weil wir besser werden wollen, jeden Tag ein kleines bisschen mehr. Weil es genau darum geht und weil wir es verstanden haben.

Weil Sport gut für uns ist. Mit jedem Extragewicht, das wir uns auf die Beinpresse laden, weil wir es jetzt können, weil wir hier schon Tage und Wochen und Monate geschwitzt und gestöhnt haben, werden wir immer schöner, und unser Arsch wird der Arsch, den wir uns so lange gewünscht haben, der so aussieht wie der von dem Typ, den wir immer schon beneidet haben, der ein besseres Leben hat, ein Designer-Portemonnaie, eine Wohnung auf der Linienstraße, 12k Follower und einen richtig geilen Job, und dann eines Tages werden wir endlich die beste Version von uns selbst, die wir sein können, dann tragen wir nur noch Double Denim und das Leben kann endlich losgehen.

Ich steige vom Fahrrad, ziehe meine Jacke über mein verschwitztes T-Shirt und gehe.

Weil ich in 12 Stunden Eröffnung habe.

Weil ich da funktionieren muss.

Weil ich fit bin.

Und weil ich will, dass die anderen es sehen.

10. NULLEN

Die Welle des Katers bricht irgendwo zwischen Nacken und Augen. Ich nenne das Gefühl »die Kralle«. Die Kralle wächst aus meiner Stirn und zieht den Schmerz von dort aus über meinen Haaransatz bis ins Genick. Da greift sie sich fest, gräbt ihre Nägel tief in die Haut, bis in mein Rückenmark, und lässt mich bewegungsunfähig daliegen.

Nur meine Zunge kann ich bewegen. Mit der kreise ich langsam, den Pelz abtastend, in meinem Mund herum und versuche die Rückstände von Alkohol, Koks und Zigaretten zu erschmecken. Erst wenn man mit dem Geschmack fertig ist, kann man sich seinem Restzustand und dem Tag, der durch das gekippte Fenster in das Halbdunkel des Zimmers schwemmt, zuwenden.

Am besten schmeckt man, wenn man den Belag mit den Zähnen vom Zungenrücken ablöst und ihn nach vorne, zur Spitze hin, zu kleinen Moränen aufschiebt. Da weicht man ihn dann mit etwas Spucke auf und zieht alles wieder hoch an den Gaumen, wo man es ein bisschen hin und her bewegt, bevor man runterschluckt.

Mit ein bisschen Übung kann man auch feine Unterschiede erkennen. Kettegerauchte Zigaretten zum Beispiel schmecken nach schlampiger Übertünchung mit Colgate Ultra White, gefolgt von zwölf Stunden Komaschlaf mit offenstehendem Mund metallisch bitter. Koks beißend sauer und ein bisschen nach katarrhalischer

Entzündung. Keta so, als hätte man aus Versehen Umckaloabo in die Luftröhre bekommen. Bier angenehm trocken und malzig.

Jeder Geschmack ist direkt rückführbar und hilft meinem durchwalkten Hirn, sich zu erinnern. So schmatze ich mich also von vorne nach hinten und andersrum wieder zurück durch die verwackelten Bilder der letzten Nacht und versuche herauszufinden, was los war.

Meine rechte Hand gräbt schwarze Tusche aus den Augen, die linke lasse ich aus dem Bett fallen.

In einer laschen, schwingenden Bewegung taste ich nach der PET Flasche auf dem Boden. Statt sie zu fassen, werfe ich sie um. Offenbar war der Deckel nicht richtig drauf und ich höre reglos zu, wie das Wasser glucksend aus dem Hals schwappt.

Ich drehe mich auf die andere Seite und versuche wieder einzuschlafen, doch das dumpfe Vibrieren unter der Decke reißt mich schon nach ein paar Minuten wieder zurück in die Realität und eine hilflose, hektische Suchaktion nach dem Telefon.

Als könnte ich nicht zurückrufen.

Gefunden. Ich drücke mit nachtschwitzigen Fingern auf die grüne Taste und lasse mich wieder ins Kissen fallen.

Ich fühle mich einsam.

Ungefähr so einsam wie das kehlige »Hallo«, das ich so früh am Morgen in den Apparat hauche. Es ist Len. Mein Ex. Ich habe seit drei Tagen mit niemandem gesprochen, den ich wirklich kenne oder der mich wirklich kennt.

Erst in dem Moment, in dem ich eine so vertraute Stimme höre, merke ich, dass ich die ganze Zeit über nicht so richtig ich selbst gewesen bin. Im Hintergrund höre ich die Kinder.

»Was gibts?«
»Hab ich dich geweckt?«
»Nein, schon gut. War schon ein bisschen wach.«
»Klingt nicht so. Ich ruf dich wann anders an.«
»Wichtig?«
»Nein.«
»Is was passiert?«
»Nein.«
»Kommst du zu meiner Ausstellung heute Abend?«
»Heute? Ich dachte, die ist morgen?«
»Nein, heute, Donnerstag.«
»Heute ist Mittwoch.«
»Was?«
»Ja, Mittwoch.«
»Fuck.«
»Alles ok bei dir, M.?«
»Ja, alles ok.«

Nachdem ich aufgelegt habe, ist es ganz still.

Ich versuche, nur leise zu denken. Scheinbar ist mir auf halbem Weg in die Woche ein Tag durch die Lappen gegangen.

Es verunsichert mich, wenn das passiert. Als würde mein Kopf nicht richtig funktionieren. An der Kralle liegt es jedenfalls nicht, ich muss mich irgendwann gestern oder vorgestern schon verspult haben. Wenn heute nicht Donnerstag ist, ist heute Mittwoch. Dass gestern Dienstag war, ergibt auf jeden Fall Sinn, wegen der Lohntütensache im »Ficken«, die ist ja immer dienstags. Und nach Dienstag kommt immer Mittwoch. Wenn heute Mittwoch ist, der erste Mittwoch im Monat – und es kann nur der erste Mittwoch im Monat sein, weil letzten Mittwoch noch letzten Monat war –, muss ich wie jeden ersten Mittwoch im Monat im *Sameheads* auflegen.

Mir wird schwindlig. Es ist ein bisschen so wie das Gefühl beim Aufwachen in einem Zimmer, in dem man noch nie geschlafen hat. Dann ist alles erst mal verkehrt herum und man muss seine Extremitäten einzeln aufsammeln und mühsam wieder zusammensetzen, bevor man sich daran erinnert, wer man eigentlich ist und wie man hierhergekommen ist.

Ich wische noch einmal über den Screen, um das Datum in meinem Handy zu überprüfen. Mittwoch steht da. Sicherheitshalber google ich noch »Datum Berlin«, weil ich mir auch nicht mehr so sicher bin, ob überall auf der Welt das gleiche Datum gilt, und vielleicht denkt mein Handy, ich bin in Kalifornien. Weil ich das Update nicht gemacht habe, und weil man ja alles immer von Kalifornien her denken muss. In Kalifornien sind alle Tage immer gleich blau, so gleich, dass es egal ist, welches

Datum heute ist, und die Leute sich richtig anstrengen müssen, davon nicht verrückt zu werden.

Ich rolle mich seitlich in Richtung Bettkante und hieve die Beine aus dem Bett. Mit den Fußsohlen tappe ich genau in die Stelle, wo das Wasser sich in einer kleinen Pfütze auf dem Boden gesammelt hat.

Ich schleppe mich in Richtung Küche. Im Türrahmen bleibe ich hängen, streife meine Füße an der Holzleiste ab und schenke dem Mittwochnachmittagslicht, das aus dem Himmel über dem Hinterhof schräg durch das Fenster genau auf diese Stelle fällt, ein wenig Aufmerksamkeit.

Es ist diese Zeit im Jahr, in der Morgengrauen und Dämmerung kaum voneinander zu unterscheiden sind. Obwohl es langsam eigentlich wieder heller werden sollte, sickert das Licht noch immer nur knapp eine Stunde lang in meinen Hinterhof, bevor die Sonne wieder hinter der Brandwand verschwindet.

Meinen Durst lösche ich mit dem letzten Schluck kalten Kaffee vom Vortag. Es ist zu wenig, um mich auch nur annähernd in so etwas wie einen passablen Zustand zu manövrieren.

Ich mache neuen und kippe die Bohnen mit etwas zu viel Schwung in die Mühle. Ich hatte vergessen, wie schlecht ich die Vakuumverpackung aufgerissen habe.

Viel zu laut prasseln die Bohnen auf das Laminat.

Ich lasse sie liegen und starre kurz auf das Muster auf dem Küchenboden, bevor ich die Bohnen einzeln auflese und auf das kleine Messer in das Plastikfach werfe. Das Krachen der Mühle mahlt sich durch meine Gedankengänge und der Geruch von frischem Kaffee fickt mich wie eine lang ersehnte Liebe. Ich fülle das Pulver in die Kanne und drücke es mit dem Löffel flach. Ein bisschen rieselt über den Rand.

Der Kaffee kocht immer genau dann hoch, wenn ich gerade auf dem Klo sitze. Durch die angelehnte Tür kann ich die übersprudelnde Kanne sehen und versuche mich, so schnell es eben geht mit der vom Kater verlangsamten Gehirn-Hand-Koordination, abzuwischen, um meine neue alte Liebe nicht verbrennen zu lassen. Sie landet in einem 0,5-Liter-Henkelglas und wird mit kalter Milch aufgefüllt, bis sie so kühl ist, dass ich sie trinken kann.

Unten im Hof spielen Kinder. Eigentlich sind es keine Kinder, eher schon so richtige Halbstarke mit groben, vom Wachstum regelrecht deformierten Gesichtern und viel zu großen Ohren. Das kann ich sogar von hier oben erkennen. Der eine, Größere, wahrscheinlich auch Ältere, steht in seine zu kleinen und deshalb gerade noch so passenden Baggy-Jeans gepresst auf der Bank neben den Mülltonnen und ärgert den anderen mit einem langen Stock. Offensichtlich ist es für den anderen okay, jedenfalls geht er nicht weg, sondern wackelt nur leise quengelnd auf der Stelle.

Ich beobachte die beiden, bis mein Glas leer ist, lege mich wieder ins Bett und warte auf den Einbruch der

Dunkelheit. Dann schmerzt das Licht ein bisschen weniger und mir fällt vielleicht ein, was ich heute Abend spielen soll.

MMM

Das *Sameheads* ist der Laden, in dem man als Underground-DJ auflegen will, weil da alle mal aufgelegt haben, die jetzt irgendwas Großartiges machen. Großartig bedeutet in diesem Fall, dass gute Musik aufgelegt wird und das trotzdem irgendwie erfolgreich ist. Weil sich der Erfolg auch bei hohem Bekanntheitsgrad und richtig viel Streetcredibility zumindest in dieser Nischenszene nicht so einfach zu Geld machen lässt, arbeiten alle nebenbei als Programmierer.

Underground. Naja. Irgendetwas an diesem Wort ist und bleibt peinlich, zumindest für diejenigen, die ihre Musik wohl oder übel diesem Genre-Ungetüm zuordnen müssen. Vielleicht liegt das an dem stillen Einvernehmen, dass »Underground« schon vor Dekaden vom Mainstream gekapert worden ist und seitdem immer ein bisschen nach Kajal-Augen, Lederrevers und glitzerndem Heroinbesteck klingt. Durch kollektive, kommerziell-mediale Schludrigkeit ist »Underground« in den letzten Jahrzehnten zu einem Sammelbecken zweifelhafter Projektionen geworden – eine Tagline glammiger Verweigerung, vor der Grunewalder Helikoptereltern seit den 80ern genauso viel Angst haben wie vor Erpresserschreiben, weißen Vans und dem Atomausstieg und die sich rebellische Gymnasiasten deshalb mit Edding auf den Eastpak schreiben.

Mit den talentierten Frequenzbastlern in diesem Keller hat das wenig zu tun. Zumindest was die Musik angeht.

Von außen erscheint das *Sameheads* eher wie ein Trödelladen, in dessen Auslage sich ein Set-Designer auf LSD ausgetobt hat: überbordende, grellbunte Installationen in schwarz ausgekleideten Fenstern, ein zusammengedeichseltes Sammelsurium aus Flohmarktfunden, Plastikblumen, Perücken und Reflektorfolie. Es sieht wunderschön aus, eingefroren wie ein Schnappschuss, bei dem jemand aus Versehen im richtigen Moment auf den Auslöser gedrückt hat.

Dass sich hinter den kleinteiligen Stillleben echte Menschen aufhalten, die trinken und tanzen, kann man sich eigentlich gar nicht so richtig vorstellen. Der Innenraum ist eine Mischung aus Trashkunstkammer und Geisterbahn. Auf mattschwarzen Podesten stehen Dummies aus gestreiftem Pappmaschee, deren gesichtslose Köpfe aus dem bunten Meer der umtriebigen Körper ragen. Die Tapete sieht aus wie ein QR-Code-Massaker. Kleinteiliges, schwarzes Rauschen, eine Matrix, die man durch den Aktenvernichter gejagt hat.

Das *Sameheads* ist vielleicht auch so etwas wie ein *Real-Life-Hack*, eine temporäre Exitstrategie aus der Matrix, also all dem jenseits des Schaufensterglases.

Die Decke und die Wände sind voll mit zeigerlosen Uhren, Porzellantigern, Lametta, Plastikpalmen und kleinen Collagen. Alles hier drin erinnert mich an die Orte, von denen ich dachte, es gäbe sie nur in alten Filmen, die Milchbar aus *Clockwork Orange*, der Nachtclub aus *Blue Velvet*, der pudrig-dystopische Schönheitssalon aus *Brazil*. Vielleicht fällt es mir deshalb schwer zu glauben, dass das, was hier drin passiert, echt ist. Oder weil ich weiß, dass nur ein paar Meter die Straße runter *TK Maxx* und die *Neukölln Arcaden* sind, deren Anblick sich jedes Mal so anfühlt, als würde einem die Gegenwart eine Kopfnuss verpassen.

Zwischen den verstaubten Figuren tanzen menschliche Gestalten, die aussehen wie fleischgewordene Figuren aus Oskar Schlemmers Triadischem Ballett, Flash Gordon-Kriegerinnen oder Charaktere aus einem Avantgarde-Film, der nie gedreht worden ist. Würde man einen Soundtrack dazu schreiben, wäre es wahrscheinlich ein sehnsüchtig-analoges Dazwischen aus Yellow Magic Orchestra, Graham de Wilde, The Zombies und allem von Klaus Nomi, von dessen Puppengesicht ich jeden Moment erwarte, dass es aus einer der Kuckucksuhren springt.

Ich glaube, das, was hier drin passiert, ist nicht nur Nostalgie. Vielleicht geht es um Sicherheit. Die Wiederholung ist ein Mantra, an das wir uns klammern.

Ladies and gentlemen, Captain Wolf Müller and the entire crew welcome you on board. Now we request your full attention as the flight attendants demonstrate the safety features of this aircraft.

Brace, brace. Safety position. Wir stecken den Kopf zwischen die Knie, schaukeln uns leise summend wieder zurück in eine Zeit, in der man Zukunft noch als großes, weites Vorne denken konnte.

Als »2019« sich noch nach einer Welt voller winzig gewordener Kassetten, großbrüstigen Frauen in silbernen Bikinis und fliegenden Autos anhörte.

Es gab diese Zukunft für eine kurze Zeit. Gekommen ist sie nie. Ich glaube, die Zukunft ist nichts, das kommt. Sie raschelt bloß für ein paar Augenblicke durch das Jetzt, bevor sie langsam in Echtzeit zerbröselt.

Die Zukunft der Menschen, die hier drin tanzen, ist bedrohlicher als die, mit deren Überresten sie sich umgeben. Ein unübersichtliches Dickicht irgendwo zwischen Insektensterben, Großgletscherschmelze und CGIs, die auf virtuellen Inselstaaten in Hängematten schaukelnd alphanumerische Margaritas schlürfen.

Das uneingelöste Versprechen der Vergangenheit wird von uns hier drin nachträglich zur Gegenwart gemacht. Ein paar Quadratmeter Ladenlokal voll schillerndem Trotz.

Wiederholung.

Endlich eine Idee für mein Set.

Gedanke festhalten und außenrum denken.

Wenn man nur resetten könnte.

Nullen und Einsen.

Ich stehe wieder am Anfang.

Ich versuche mich an die Zeit zu erinnern, in der ich rauchend auf dem französischen Messingbett in J.s und meinem Schlafzimmer herumlungerte, während das ausgeleierte Band in meinem Kassettenrekorder von einer Spule zur anderen lief. Jimmy Murakawa, *Down? Down, Down!* von 1982. In den letzten Jahren ist die Platte nirgendwo mehr aufgetaucht und mittlerweile unbezahlbar. Wahrscheinlich existieren nur noch 15 ungespielte Exemplare in der Schublade eines leidenschaftlichen Sammlers, der sie hütet wie ein salentinischer Dorfpfarrer die vermeintlichen Gebeine von Padre Pio.

Er liebt sie so sehr, dass keine Nadel je das Schwarz berühren wird. Ich mochte den Song von Murakawa immer. Darin liegt so viel Ernst und Unbeholfenheit zugleich, es macht mir noch heute Gänsehaut. Er gehört für mich zum Soundtrack einer Zeit, in der alles noch vor mir lag. Meine Zwanziger, die Jahre an der Kunsthochschule, meine Karriere, all die Reisen, das vollgerümpelte Apartment mit schweren Dielen, Deckenventilator und ein Wintergarten, irgendwo, wo ich morgens vom warmen Wind geweckt werde, der die weißen Vorhänge anstupst und meinen Körper streichelt. Das Apartment wurde nie Wirklichkeit. Jetzt liegt es zusammen mit ein paar Platten »Italo Disco« und meiner Begeisterung für minimalistische Malerei in einer Schublade. Aber damals, als ich bäuchlings auf der schmuddeligen Patchworkdecke lag und mir eine nach der anderen ansteckte, da war es da.

MMM

Ich sehe mir selbst zu, wie ich zum gefühlt 500sten Mal meinen Koffer über das Kopfsteinpflaster schleife, weil ich es nicht übers Herz bringe, mir wenigstens an so einem Tag ein Taxi zu leisten. Ich will endlich am DJ-Pult ankommen.

Die Frau in der fliederfarbenen Jacke auf der anderen Straßenseite bleibt stehen und sieht mir nach, bis ich schleppend und fluchend die nächste Straßenecke erreicht habe. So wie ich heute aussehe, wäre ich vor ein paar hundert Jahren bestimmt auf dem Scheiterhaufen gelandet. Beim Anziehen hatte ich nicht darüber nachgedacht, aber langsam dämmert mir, dass ich in meinem gelben Overall wie eine schlechte Version der Braut aus Kill Bill aussehen muss, ein abgekämpftes Gerüst mit aufgeschrammten Knien und verwüsteter Frisur auf dem Weg zum nächsten Schlachtfeld. Für was kämpft die eigentlich?

Es ist halt Krieg.

Da muss es immer irgendwie weitergehen.

In Lydens Laden angekommen, drücke ich mich durch die Menschenmasse und tauche unter seinem Blick hindurch zum Pult. Ich lege die erste Platte auf und schiebe den Regler nach oben, dann schau ich nur der Bierflasche in den Hals und verstecke mich hinter meinem Haarvorhang.

Die Platte dreht sich langsamer als sonst. Ein paar Leute stehen blass im Nebel herum. Ich spiele Paul Young – *Love of the Common People.*

Wow, wie beschissen peinlich.

Ich halte nicht durch. Seit wann klingt dieser Song so hart nach *Last Christmas*? Ich starre nur noch nach unten und stelle mir vor, wie meine Zotteln sich in den Plattenrillen verfangen, sich um das Vinyl wickeln und nach ein paar Dutzend Drehungen zu einem riesigen Knäuel zusammenwachsen. Zusammengefilzt und gut aufgehoben. Wie ein hübsches, großes Nest. In dem wohne ich dann. Es gibt keine Tür und keine Fenster, nur ein Loch im Dach, durch das ich den Himmel sehen kann. Hier geh ich nie mehr weg. Ich will gar nicht fliegen lernen. Es reicht mir zu wissen, dass er da ist, der Himmel, und ich ihn von hier unten in Ruhe begaffen kann.

Ich bin so faul. Ich will gar nichts wollen.

Die Platte läuft einfach weiter, ins Nichts hinein. Sie tut, wofür sie gemacht worden ist. Wenn sie 1000-mal gespielt wurde, taugt sie nichts mehr. Dann ist das Vinyl hinüber und der Track ist totgehört.

Den Vögeln, die über die halbleere Tanzfläche hinter das Sperrholz des Pults kommen, um mir ihre Songwünsche ins Ohr zu blöken, ist das egal. Sie wollen einen neuen Track. Kein sehnsüchtiges Heile-Welt-Geschaukel, sondern einen, der sie upliftet, sie an den Schultern packt und ordentlich durchschüttelt wie eine Mutter ihr schreiendes Kind.

Ich kann heute nicht. Heute bin ich eine böse Mutter, die die Kinder alleine im Garten lässt, während sie hinter abgedunkelten Jalousien liegt und gegen ihre Migräne Whiskey in kleinen Schlückchen nippt. As much as she can. Als ich aber dann *Nobody loves a computer because a computer does not dance* (Dark Lord Edit) spiele, mögen mich alle wieder. Was genau einen Track lang anhält, weil ich danach einen schrottigen Rip aus dem Internet von James Asher – *Oriental Workload* und Baligh Hamdi spiele und zuschaue, wie meine Kinderschar langsam hinter den Exit-Schildern verschwindet und der Laser in ungebrochenen Linien auf den Boden fällt und kreist.

Die Knöpfe rutschen mir durch die pappig-nassen Finger. In meinem Unterleib zieht es, ich muss pinkeln oder kacken oder ich bekomme meine Tage oder alles auf einmal. Es fühlt sich an, als wäre mein Unterkörper irgendwo anders als mein Oberkörper. Ich rauche manchmal, jetzt rauch ich wieder Kette. Ich glaube, hier ist niemand mehr, traue mich aber auch nicht nachzusehen. Insgesamt läuft es heute nicht besonders gut.

Lyden verdreht die Augen, als er in den Keller kommt und merkt, dass ich nicht bei der Sache bin. Ich gucke durch ihn hindurch und versuche, so zu tun, als sei ich nicht da, ganz ruhig an der Zigarette zu ziehen und dabei nicht zu doll hin und her zu schwanken. Lyden kennt das von mir. Er sagt dann immer, dass ich es deshalb noch nicht weit gebracht habe mit der Auflegerei.

»Ein bisschen mehr Disney, M.«

Lyden ist ganz viel Disney und nur ein bisschen Cruella de Vil. Er macht auf dem Absatz kehrt, stolziert in Richtung Treppe und überlässt mich meinem Elend.

Dann kann ich auch *Tides* von Astral Sounds spielen. Es ist das sechste Lied auf der B-Seite der Platte *Kaleidoscope*. Es ist schön und ganz ruhig. Wie Licht, das auf einer Wasseroberfläche spielt. Es ist eins der Lieder, die sich so hinnehmen lassen und mich in dunkelblaue Gelassenheit hüllen. Wäre ich mir näher, würde ich jetzt weinen. Stattdessen drücke ich mit meinen verkrampften Fingern auf die Nebelmaschine und lasse den Knopf nicht mehr los, bis ich unsichtbar geworden bin.

Als ich mich nach vorn über das Sperrholz beuge, um die letzte Bierflasche aus dem Kasten zu angeln, sehe ich etwas, ganz hinten an der Tür, da wo gerade noch Lyden stand. Durch den dichten Nebel kann ich nicht genau erkennen, was es ist. Es sieht aus, als würden die Laserstrahlen sich um eine große, kugelrunde Form brechen, ja, eine ganz und gar kugelige, dunkle Silhouette.

Die Kugel steht mitten im leeren Raum und beobachtet mich. Ich starre durch die Schwaden zurück, suche nach einem Augenpaar, überhaupt nach etwas, das mich einen Menschen in der Kugeligkeit ausmachen lässt, aber vom Nebelfluid brennen meine Augen so stark, dass ich aufgebe.

Die Kugel schiebt sich weiter in meine Richtung und durch meinen Tränenfilm erkenne ich so etwas wie ein Gesicht, das oben mittig herausschaut. Ein paar Sekunden später steht sie vor mir, die Menschenkugel, und lächelt mich an.

»Ich bin Z.«
»Ich heiße M.«
»Hallo«, sagt sie, und steht ganz nah.

Oben auf dem Kugelkörper aus zwei übereinandergeschichteten, schwarzen Daunenjacken steckt ein Kopf, eingepackt in Mütze und Schal.
»Du legst schlecht auf«, lacht die Kugel.
»Ich weiß. Komischer Tag heute.«
»War nicht ernst gemeint.«

Die langen blonden Haare, die aus der Mütze schauen, machen eine kleine Welle um den Bügel der Metallbrille. Zwischen den zu einem Lächeln breitgezogenen Lippen blitzen mir schneeweiße Hasenzähne entgegen. Die dicke Jackenschicht umschließt die Kugel wie ein Schutzpanzer. Ganz kompakt sieht sie aus. Als könnte ihr niemand etwas anhaben.

Ich stehe so neben mir, dass ich mich von außen sehen kann. Das, was ich ist, schwebt irgendwo zwischen meinem Körper, der Kugel und dem Pult, taumelt durch den Nebel wie ein zittriger Laserstrahl, den man nur sieht, wenn er etwas berührt, an dem er sich brechen kann.

Der Rest von mir hängt wie einer dieser Folienballons, aus dem die Luft raus ist, in der Ecke hinter dem Pult und grinst schief.

»Kannst du mal?«

Ich drücke der Kugel die Kopfhörer in die Hand, stolpere vom DJ-Pult und renne nach oben. Die Schlange vor der Toilette ist viel zu lang und so schiebe ich mich an der Garderobe vorbei, wo die Menschen stehen, die gerade vor meiner Musik geflohen sind, in backstage.

Meine Kotze landet irgendwo zwischen dem Waschbecken, in das das Barpersonal immer pinkelt, und den gestapelten leeren Bierkästen. Während ich mich mit beiden Armen am Waschbecken abstütze und darauf warte, ob mein immer noch zuckend würgender Oberkörper noch mehr ausschütten will, klappt die Lagertür auf und die schöne Barfrau, die immer so geschmeidig-arrogant schaut wie eine Siamkatze, rauscht mit einer Kiste Tonic Water unter dem Arm vorbei und drückt mich gegen die Wand.

Die beiden Jungs mit weiß-bläulichen Engelsgesichtern, die auf dem Sofa darauf warten, dass ihr Speed trocken ist, reichen mir eine Serviette.

Als ich mich wieder die Treppe nach unten entlanghangele, höre ich, dass die Platte ausgelaufen ist. Jetzt ist er wirklich gestorben, der Track – und mein Abend. Lyden kommt die Treppe hinter mir heruntergestolpert, hält mich an der Schulter fest, sagt, dass ich zu dicht bin und deshalb jetzt Roland auflegt.

Halb enttäuscht, halb erleichtert, krame ich meine Sachen unter dem Pult hervor, während Roland sich anstöpselt und schon dabei richtig professionell aussieht. Im Gang vor dem Keller lasse ich meinen Rucksack und die Platten auf das Sofa fallen und sinke für einen Augenblick in die samtigen Kissen. Ich starre ein paar Sekunden nach oben an die schimmelige Decke, bevor sich meine Lider über den brennenden Augen schließen.

Ich werde von einer Berührung geweckt, einer Hand, die mich sanft an der Schulter fasst. Alles ist dumpf, als ich die Augen öffne, meinen Kopf aus der Kauerposition zwischen Armlehne und Kissen hebe und mir die Haare aus dem Gesicht streiche. Wie lange ich geschlafen habe, weiß ich nicht, jedenfalls ist der Keller mittlerweile voll. Roland spielt irgendwas wie House, aber halt guten, und alle tanzen wie verrückt.

Die Hand auf meiner Schulter gehört der Kugel. Sie trägt immer noch die beiden Winterjacken, Schal und Mütze, sitzt ganz ruhig da und sieht mich an. Ich sehe ihr freundliches Gesicht und versuche zu lächeln.

»Bist du ein Kugelmensch?«, rufe ich gegen das schwere Wummern an. Z. muss lachen und streicht mir mit der Hand über den Hinterkopf. Ich fühle mich ein bisschen besser und will hier nicht sitzenbleiben, also greife ich nach der Hand und ziehe Z. zum Ausgang.

Draußen ist es angenehm kühl und still. Der Wind bläst mir durch die nassgeschwitzten Haare. Ich fröstle ein bisschen. Es fühlt sich gut an, aber weil ich nicht so richtig weiß, was ich tun soll, schlüpfe ich in meinen Mantel und sehe hoch zu Z. »Kommst du mit? Ist nur ein paar Straßen runter in die Richtung.«

Ich nicke und laufe im selben Moment los, die Richardstraße runter, während Z. mir ruhig hinterhertrottet. Wir reden kein Wort.

Z. macht Suppe, während ich mit roten Wangen und in dem schweißdurchtränkten Nylonoverall halb auf dem Küchentisch liege, wie ein ungeduldiges Kind zusehe und auf dem Klappstuhl auf und ab wippe.

Ich schaffe es nicht, den Kamillentee zu trinken, der jetzt vor mir auf dem Tisch steht und der für mich immer nach Schulland- oder Altenheim riecht, jedenfalls irgendwie mit Sterben oder mindestens Zwang assoziiert ist.

Ab und zu trinke ich heimlich aus der Bierflasche, die noch in meiner Manteltasche steckt und deren Etikett ich vor lauter Nervosität so sehr abgerubbelt habe, dass es in silbernen Fetzen unter meinen Nägeln klebt.

In dem kleinen Küchenradio läuft *Red Light Radio*. Irgendein DJ spielt um diese Uhrzeit François Dompierre –

Saute Mouton, als würde er das nur für mich tun. In dem Lied ist so viel Hoffnung. Ich glaube, weil es gleichzeitig glücklich und todtraurig ist.

»Bist du zu high zum Essen?«

Z. umarmt meinen Kopf und nimmt meine Hand.

Ich pelle mich aus dem Overall und versuche, meine Sachen irgendwo hinzulegen, wo sie nicht völlig im Chaos verschwinden, und lege mich nackt ins Bett. Die Einzimmerwohnung steht wirklich voll mit Scheiße.

Z. legt sich mit T-Shirt und Unterhose neben mich und lächelt mich an. Das Kopfschütteln bedeutet vielleicht ein Nein, aber es ist nicht so schlimm, denn das Lächeln tut gut, die Hand auf meinem Rücken, die mich streichelt, und der Arm, der mich hält, bis ich einschlafe.

Am nächsten Morgen bin ich alleine. Ich nutze das Unbeobachtetsein und inhaliere den Geruch des Kissens. Es riecht, als wäre es Monate nicht gewaschen worden. Ich will das Kissen behalten, es an meinen Kopf binden, vor mein Gesicht, damit ich nichts mehr sehen und riechen muss, nur das. Meine Synapsen kribbeln, es ist vielleicht ein bisschen wie das Gefühl, das man bekommen soll, wenn die Frau mit dem Zahnarztbesteck und der süßen Stimme in einem dieser ASMR-Videos beruhigende Worte ins Mikro flüstert.

Ich glaube, ich habe gestern versucht, mit Z. zu schlafen. Meine Hände fuhren unter die Decke, wurden festgehalten und weggeschoben, der Nacken, den mein Mund suchte, verschwand, mein Kuss glitt ins Leere. Es ist mir so peinlich, wenn ich jetzt daran denke, dass ich das Gesicht zu einer Grimasse verziehe und den Kopf noch einmal in dem Kissen vergrabe.

Während ich warte, drücke ich die Decke zusammen und stopfe sie unter meinen Bauch, um mich so zu drapieren, dass ich unschlagbar aussehe, wenn die Tür aufgeht. Nach zwei Stunden bin ich zu hungrig und zu enttäuscht, um weiter darauf zu hoffen, dass ich den Wohnungsschlüssel höre und jemand mit frischen Brötchen kommt, um mich zu überraschen, und ziehe mich an. Zwischen den Haufen in diesem Wust an Leben suche ich nach einem Stift und kritzle eine Nachricht auf die Innenhülle einer meiner Platten.

Z.
ich weiß gar nichts von dir.

01781893062
M.

Meine ranzig-gelben Finger tippen Renées *Lay me down* ins Handy, bevor ich die Kopfhörer aufsetze und die Tür hinter mir zuziehe. Der Himmel draußen ist ganz blau. Ich hab heute Abend Eröffnung.

11. FEDERLOSES, ZWEIBEINIGES WESEN

17.38 Uhr. Als Erwachsene muss man lernen, in Stoßzeiten zu denken. Nach fünf Stationen ist die U7 so voll, dass sich die Einsteigenden mit Anlauf gegen den Menschenpulk drinnen werfen müssen, um überhaupt reinzukommen. An jeder Station gibt es ein kleines Gerangel, rollende Augen, gefolgt von einem durch die Menge wandernden, empörten Raunen, das dann langsam wieder abklingt, bis es zwischen den Stationen in der Normalspannung gegenseitigen Ignorierens verebbt.

Ich glaube, mein Oberkörper steckt so fest zwischen den beiden karierten Bäuchen auf der einen, dem Office-Rucksack und dem sommersprossigen Bizeps auf der anderen Seite, dass ich die Füße vom Boden heben könnte, ohne umzufallen. Bei jeder Bremsung wird meine Wange gegen das Polyesternetz des Rucksacks neben meinem Kopf gedrückt. Der Mann, an dem der Rucksack hängt, trägt sein silbriges Haar in einem raspelkurzen Militärschnitt. Eine minutiös rasierte Kante trennt die Frisur von dem vielleicht vom Hochleistungsmountainbiken rotgebrannten Nacken, auf dem kleine Schweißperlen tänzeln. Aus den beiden Seitentaschen seines Rucksacks ragen zwei glattpolierte Thermoskannen wie Raketenwerfer.

Die karierten Bäuche links von mir reiben aneinander, während die beiden Männer, die zu den Bäuchen gehören, versuchen, miteinander zu sprechen. Das ist nicht so einfach, weil sie durch die Fettschichten zwischen ihnen so weit auseinandergedrückt werden, dass sie sehr laut reden müssen. Es geht um automatische Markisen für Wohnmobile und um die Frage, wie sturmsicher die sind. Die beiden Messeausweise, die sie um die Hälse tragen, liegen auf den Bäuchen auf, sodass sich die blauen Bänder, an denen sie hängen, immer wieder ineinander verwickeln. Das sieht irgendwie romantisch aus.

Der Geruch der anderen Menschen beruhigt mich. Sie riechen nach Mensa, nach Druckertinte, nach Montage, nach Feierabendbier und nach Arbeitsschweiß. Ich rieche nach Angstschweiß. In einer Stunde geht es los. Bis jetzt wollte ich es mir nicht eingestehen, aber ich bin wirklich aufgeregt.

Die Massagestühle sind montiert, der Teppich ist verlegt, auf Facebook hat die Veranstaltung 638 Zusagen und der Wein ist kaltgestellt. Alles ist fertig. Ich muss nur noch kommen.

Insgesamt hat es nicht ganz so hingehauen, wie ich wollte. Eigentlich war es bei jeder Ausstellung so, aber jedes Mal denke ich wieder, dieses eine Mal wird alles anders und richtig gut. Als Richard mich bei J.s Eröffnung in diesem halblauten Nebensatz fragte, ob ich meine Ausstellung nicht bei ihm machen will statt in Philipps Projektraum in Kreuzberg, habe ich sofort »ja« gesagt. Eine Ausstellung in seiner Galerie ist eine echte

Ausstellung. Nicht eins von diesen zusammengedeichselten Projektraumdingern, bei denen es zwar ganz viel *we*-Gefühl, aber keinen Brandschutz und nicht einen Cent gibt. Das Auf-dem-Boden-Sitzen und Biertrinken fühlt sich immer richtig an, nach Patti Smith und nach Leberkässemmel, nach Freundschaft und nach echter Arbeit, aber insgesamt ist es immer irgendwie unbefriedigend. Vielleicht liegt das daran, dass man meistens selbst auf den Produktionskosten sitzenbleibt und das einzige richtige Feedback aus einer Rezension in einem lokalen Onlinemagazin besteht, die von jemandem geschrieben wurde, dem man mal beim Umzug geholfen hat.

Wahrscheinlich habe ich deshalb auch nicht widersprochen, als ich absehen konnte, dass die Nagelstudiosache nicht richtig aufgehen würde.

Eigentlich wollte ich für die Performance mit dem vietnamesischen Nageldesigner aus dem Studio in Neukölln bei mir um die Ecke zusammenarbeiten, der seit ein paar Monaten meine Nägel macht. Er heißt Lei, vielleicht aber auch Le oder Lee. Jedes Mal wenn ich ihn nach seinem Namen fragte, sagt er, es sei egal. Vielleicht, weil sich sowieso keiner seiner Kunden seinen Namen merken kann. Ich hab Lei gefragt, aus welcher Stadt in Vietnam er kommt, aber er redet nicht so gern über sein Privatleben. Immer antwortet er mit einer Gegenfrage, einmal zum Beispiel, was ich arbeite und warum ich Zeit habe, nachmittags ins Nagelstudio zu gehen. Ich habe dann mit den Händen imaginäre Platten in der Luft gescratcht. Ich glaube, ich dachte, dass er es cool finden könnte, dass ich DJ bin, weil er die Songs, die im Nagelstudio über die Anlage laufen, immer mitsingt.

Lei arbeitet jeden Tag. Neun Stunden am Tag, sechs Tage die Woche, vier Wochen im Monat, das ganze Jahr. Das sind 2808 Stunden im Jahr. 2808 Paar Hände, also 28 080 Nägel im Jahr, wenn er nicht ausfällt. Ich glaube, Lei ist noch nie ausgefallen.

Als ich ihn gefragt habe, ob er bei der Ausstellung mitmachen will, hat er gelacht und genickt. Weil wir danach nicht mehr weitergeredet haben, hab ich wieder hoch auf den Screen geschaut, der an der flamingofarbenen Wand über den Arbeitstischen hängt. Da laufen immer die gleichen vietnamesischen Musikvideos. Also, es sind immer unterschiedliche Musikvideos, aber es geht immer um das Gleiche. Es gibt einen Mann und eine Frau, die sich allem Anschein nach lieben, zumindest schauen sie sich tief in die Augen und halten sich beim Sich-Ansingen an den Händen. Dann geht das Paar shoppen oder will in den Urlaub fahren, aber weil der Mann nicht genug Geld verdient und sich den Klunker oder die Kreuzfahrt nicht leisten kann, ist die Frau enttäuscht, macht eine Szene und verlässt ihn. Dann gibt es einen Unfall oder einen Monsun oder eine Krankheit und der Mann kommt ums Leben. In der nächsten Szene steht die Frau am Grab und bereut, dass sie so eine materialistische Schlampe war. Nachdem sie kurz und intensiv gelitten hat, kommt der Mann als Geist wieder, dann singen sie sich an wie am Anfang, Seifenblasen fliegen durch die Luft und die Gescholtene ist überglücklich, ihren halb durchsichtigen armen Schlucker wieder im Arm halten zu können.

Richard hat auch gelacht. Dann hat er wieder aufgehört zu lachen und »Nein« gesagt.

»Nein?«

»M., wir können doch hier nicht einfach deinen vietnamesischen Kumpel reinsetzen.«

»Wieso nicht?«

»Du weißt schon. Das ist doch ... erniedrigend.«

»Was ist erniedrigend?«

»Na, dass er da die Nägel machen muss für die Ausstellungsbesucher.« (Wie konnte ich diesen Lauch nur ficken?) »Das macht er doch sowieso den ganzen Tag auf der Flughafenstraße.«

»Ja, aber in einem Kunstraum ist das was anderes.« (Wie konnte ich nur?) »Genau. Deshalb will ich es ja machen. Weil es um Arbeit geht, um Gesellschafts-Schichten und um Volkskunst. Das ist kritisch!«

»M., Kunst darf nicht inhuman sein.«

Am Ende hat es das Nagelstudio sowieso verboten. »Aus versicherungstechnischen Gründen«, hat die Chefin gesagt, während sie mit dem laut krachenden Stempelgerät meine Bonuskarte bearbeitete. Richards Assistent hat stattdessen N. aufgetrieben. N. hat ihr eigenes, gut laufendes Nagelstudio in Charlottenburg, einen kleinen Mops, dessen Bauch beim Laufen fast auf dem Boden schleift, und einen Sozialversicherungsausweis.

MMM

Während ich darauf warte, dass der blassgesichtige Praktikant hinter dem Counter von seinem Display aufblickt und mir die Tür öffnet, kann ich in der Spiegelung der Fensterscheibe ausgiebig die mittlerweile tellergroßen Schweißflecken unter meinen Achseln betrachten. Erst nachdem ich mehrere Male laut geklopft habe, drückt er, ohne mich anzuschauen, viel zu lange auf den Türsummer.

Immerhin stinkt es schon schön nach Neu und Aceton. Die violette Beleuchtung unter den Nagelstudio-Tischen lässt den mit lindgrünem Teppich verlegten Boden noch greller aussehen.

Links stehen die orangefarbenen Massagestuhlungetüme mit den kleinen Fußbecken und der Verschalung aus Mahagoniimitat in einer langen Reihe. Auf der gegenüberliegenden Seite wabert eine riesige Projektion, die bis jetzt nur die leeren Sitzpolster der Massagestühle zeigt. Später können sich die Ausstellungsbesucher darin ansehen, wie sich ihre Gesichter vom Ruckeln der Stühle zu wackelnden Grimassen verziehen.

Ganz hinten stehen die drei Maniküretische mit Arbeitsplatten aus weißglänzendem Kunststoff. Die Halogenlampen zeichnen blasse Lichtkegel auf die Tische. In dem riesigen Raum sehen sie ein bisschen verloren aus, wie kleine leuchtende Inseln.

In der Mitte steht die große gläserne Vitrine, die wir extra für die Nageldesigns bestellt haben, und dreht sich langsam auf einem elektronisch betriebenen Podest. Innen sind diese hellgelben Strahler eingebaut, deren Licht sich im Glas bricht und die Tausend zersplitterte Farbflächen auf den Teppich werfen.

Es ist schön geworden. So sieht das Ganze ein bisschen aus wie ein Versammlungszentrum für New Age-Sekten oder wie die Kulisse für Teleshopping bei 1-2-3.tv.

Ich stelle mir vor, wie Richard mit so einem Mikrofon mit Popschutz in derselben Farbe wie sein Anzug vor der Vitrine hin und her tänzelt und meine Arbeiten in atemlosem Staccato anpreist, während blinkende Alarmbuttons und Bauchbinden mit ratternden Countdowns um ihn herumwirbeln.

»Aufgepasst, meine Herrschaften, nur noch vier Nagelsets auf Lager, was ist das für ein unverschämt gutes Angebot, Achtung, nur vier sind noch da, noch drei, das geht ja ruckizucki hier, drei sind noch da, jetzt Gas geben, Leute, die Zeit rast, nur noch zwei, jetzt nur noch zwei, meine Damen und Herren, diese Maniküre wird Ihr Leben verändern, das ist ein Versprechen, los gehts, die Leitungen laufen heiß, ein einziges, ein Nagelset ist noch da, das allerallerletzte ist es, jetzt müssen Sie zuschlagen, jetzt, sonst ist es zu spät uunuuuuuund, ding ding ding ding!«

Dass das ganze vier Minuten später wieder von vorne losgeht, weil in Wirklichkeit nur eine verwirrte Omi in der Leitung hängt, die eigentlich eine Gartendusche mit selbstdrehendem Brausekopf bestellen wollte, ist völlig egal. Wir wissen alle, dass der Plunder nichts wert ist. Aber wir brauchen die Show. Weil wir süchtig sind nach dem schrillen Klingeln der Telefone und dem Adrenalin, das uns ins Gehirn schießt, jedes Mal, wenn die Einschaltquote auf dem Monitor ein ganz klein wenig nach oben zuckt.

Der Text von D. steckt in durchsichtigen Folienhüllen bei den Massagestühlen. Ich habe D. gesagt, ich will einen echten Text. Keinen von denen, die sie sonst immer schreibt, sondern einen, in dem was drinsteht.

D. ist eine Kunsttextmaschine. Weil sie pro Text nur 70–100 Euro bekommt, hat sie sich eine pragmatische Strategie einfallen lassen, mit der sie ohne große Anstrengung einen Text in 30 Minuten schreiben kann. Kunsttextbingo nennt sie das. Es gibt ein paar Wörter, die gehen immer. »Fraction« zum Beispiel, oder »Friction«. Gut sind auch Begriffe wie »Hypercirculation«, »Juxtapose«, »Entanglement«, »Intricacy« oder »Trajectory«, die schon im Wort selbst zeigen, wie kompliziert alles in der Postmoderne geworden ist, und dabei immer ein bisschen nach Hochleistungsmixer klingen.

Bezahlte Partnerschaft mit D-stroy Power-Blender

»Der D-stroy Power-Blender mit 6 programmierten Geschwindigkeitsstufen und 6 weiteren programmierten Einstellungen, die die Bedienung von Mixern erleichtern, wenn Sie keine Erfahrung mit manueller Steuerung haben.

Ideal zum Mixen von mittleren bis großen Mengen für die ganze Familie.

Die Edelstahlklingen sind geometrisch entworfen, um auch die schwierigsten Zutaten zu zerkleinern.

100% CE, LFGB, RoHS zertifiziert – Wir sind von der Qualität unseres D-stroy Power-Blenders überzeugt.

Bei Schäden, die nicht durch die Benutzer verursacht werden, übernehmen wir 100% Kosten für Umtausch oder Erstattung.«

Alle lieben Texte, die man nicht versteht. Dabei geht es vor allem darum, Inhalt so konsequent zu vermeiden, dass es sich nach ganz viel Inhalt anhört. Das, was in den Großgalerien auf den weißen Din-A4-Blättern steht, die sich neben den Weingläsern stapeln, klingt nach Inhalt, nach Politik, nach Ernsthaftigkeit, nach Turner Prize, nach Art Basel-Ranking und nach Akademie und hilft uns zu vergessen, dass es um nichts geht.

Zeitgenössische Kunst macht keine Vorschläge. Das ist gut, denn es gibt nichts, dem widersprochen werden will. Wir sind alle da und alle dafür. Und die kryptisch-poetischen Beipackzettel sind die beste Versicherung, dass wir das tun können, ohne uns dabei in Grund und Boden zu schämen.

Es ist 10 vor 6. Ich habe Angst, dass niemand kommt. An einem der kleinen, weißen Tische am Ende der Halle sitzt N. und ordnet den Nagellack nach Farben. Sie ist so blond wie ich, trägt einen weißen Arztkittel und türkise Crocs. Über ihre T-Online-E-Mail-Adresse konnte sie den Anhang mit den Vorlagen für die Nageldesigns nicht öffnen. Das waren JPEGs, schwäbische Volkskunst, Zierschnitte für Bartpfeifen, Rosenheimer Bierkrugmalereien.

»Wie diese Blumen auf Bauernschränken.«
»Ja, kenn ick. Dit is ja modern jetze.«
Bevor ich noch etwas ergänzen konnte, hatte sie schon aufgelegt.

Als ich auf sie zulaufe, sieht sie auf und lächelt, bevor ihre Mundwinkel wieder in den spitz-konzentrierten Ausdruck abgleiten. Auf eine befremdliche Art ist sie sehr hübsch. Die tiefblaue Linie auf ihren Lidern sieht aus, als hätte sie eine halbe Stunde daran gearbeitet, und ihre Wangen sind rosig wie die von einem kleinen Mädchen. Ihre Frisur sitzt ein bisschen zu perfekt, und ich frage mich, ob sie eins dieser Haarteile trägt, die man sonst immer bei den Frauen mit den vollgepackten Trollis am Rathaus Neukölln sieht, nur, dass sie bei denen schon rausgewachsen in den Spitzen hängen. Ich merke, dass ich enttäuscht bin, weil sie keine Tätowierungen hat, sowieso überhaupt keine äußerlichen Anzeichen sozialen Abstiegs. Sie sieht nicht mal ein ganz klein bisschen nach Raus-aus-den-Schulden aus, sondern schön und adrett wie eine dieser glasäugigen Porzellanpüppchen aus dem Teleshopping.

Als ich mich das denken höre, schäme ich mich sofort und blicke nach unten auf die Nagelvorlagen auf der Arbeitsfläche.

Fuck. Was ist denn hier passiert?

Statt meiner Motive aus den E-Mails sind da hellblaue Hibiskusblüten, die wahrscheinlich nach Hawaii aussehen sollen, gespickt mit glitzernden Glassteinchen und Acrylperlen. Heilige Scheiße. Mir schießen Tränen in die Augen.

»Sieht geil aus, oder?« Richard steht in seinem fuchsiafarbenen Anzug auf einmal direkt neben mir.

»Ja. Geil.«

Ich drehe mich um, ohne die beiden anzusehen, und laufe, so langsam ich kann, zur Toilette.

Im Klo bin ich alleine. Während ich meinen Kopf in den Nacken lege und darauf warte, bis die Augen wieder trocken sind, geht die Tür auf und eine Frau quetscht sich so beherzt an mir vorbei, dass mein Unterleib gegen das kalte Waschbecken gepresst wird. Im Spiegel erkenne ich ihr Gesicht. Es ist Richards Frau, so schwanger, dass ich

Angst habe, sie könnte gleich platzen. Schwangere müssen ja immer pissen. Ich stelle mir vor, wie ihre Fruchtblase später vor Entspannung platzt, während sie auf einem der Massagestühle liegt, und der lindgrüne Teppich unter ihr sich mit dem Fruchtwasser vollsaugt. Das riecht bestimmt lustig zusammen mit dem Plastik und dem Aceton. Scheiße.

Das ergibt so alles überhaupt keinen Sinn mehr.

Die Designs, die da in der Vitrine und auf den Arbeitstischen liegen, sehen wirklich grauenhaft aus. N. hat mein Konzept gesprengt. Ganz beiläufig, ohne überhaupt zu wissen, was sie da tut. Es ist zu spät, um noch irgendwas zu retten. Ich hätte mich früher darum kümmern müssen.

Wieso hab ich das nicht gemacht? Was ist mit Richard los? Wieso hab ich ihn nochmal gefickt? Ist das jetzt die Ausstellung, die mein Leben verändern soll? Die, die mich zu der Frau macht, die etwas erzählen kann, wenn sie auf der Straße jemanden trifft, den sie nicht mag, der dann fragt, was sie so macht, und sie dann sagen kann: »Ja, ach, eine Ausstellung hatte ich gerade, du hast bestimmt davon gelesen, politisch, halt Ai Weiwei und so, naja, und du so?«

Vielleicht dachte ich wirklich, irgendwann würde es endlich losgehen. Tusch, Glitzerregen, und jeder kennt deinen Namen.

J. hat mal gesagt, eine Ausstellung ist wie ein *Jerk Off Game*. Man muss es die ganze Zeit am Limit halten, um sie dann genau im richtigen Moment rauszuspritzen, seine kleine Liebessuppe an die Welt. Vielleicht bin ich zu früh gekommen. Ich hab mich so reingesteigert, dass ich nicht richtig aufgepasst habe. Jetzt ist alles danebengegangen. Ich will nicht, dass die Anderen es sehen. Mich ansehen, wie ich da liege in meiner eigenen, lauwarmen Soße. Jetzt ist hier Sendeschluss, und das ist alles nur noch »Oh, Fuck« statt Ai Weiwei.

18 Uhr steht auf meinem Display. Ich öffne das Facebookevent und versuche, den Text zu ändern, um irgendwie zu erklären, was das Ganze sagen will, um was es eigentlich hier gehen soll. Ich lege das Handy auf den Waschbeckenrand, bis der Post hochgeladen ist, und blicke in den Spiegel. Das geht überhaupt nicht. Die Schminke unter meinen Augen bröckelt und die Haut auf meiner Stirn ist so trocken, dass ich in dem grellen Licht lauter hutzelige Falten sehen kann. Auf seiner eigenen Ausstellung muss man gut aussehen. Vor allem, wenn die Arbeit scheiße ist. Die Frau vom Arbeitsamt hatte Recht.

Ich bin ein Minderleister.

Die Tür schiebt sich wieder auf und D. steht vor mir. Ihre Haare hat sie zu einer präzise arrangierten Unordnung gekämmt. Mit ihrem hautengen, cremefarbenen Kleid sieht sie aus wie eine zwei Meter große, irritierend sexualisierte Marienerscheinung.

»Hi M.«

»Hi D.«

»Alles ok?«

»Ja.«

»Sieht toll aus draußen.«

»Danke. Wie spät ist es?«

»Mh, kurz nach sechs.«

»Ist schon jemand da?«

»Also, bis auf eine ältere Frau mit einer orangen Handtasche, die mit den Händen hinter dem Rücken einmal ganz langsam durch den Ausstellungsraum spaziert ist, meinen Text aus der Folie gefingert hat, ihn dann zu einem kleinen Rechteck gefaltet und in ihre Tasche gesteckt hat, dann wieder raus auf die Straße ist und seitdem dort steht und raucht, ist noch keiner da.«

»Ok.«

»Aber es ist ja noch früh.«

»Ja.«

»M., glaubst du, die Leute lesen den Text überhaupt?«

»Klar, wieso?«

»Weiß nicht. Die Frau hat ihn nicht gelesen.«

»Ich hoffe, sie lesen ihn! Hast du die Nageldesigns gesehen?«

»Ja.«

»Und?«

»Naja. Ja, ok. Ich weiß.«

»Richard findet's geil.«

»Hurensohn.«

Ich zeige auf die verschlossene Kabine, in der Richards Frau gerade sehr viel und sehr lange mit dem Klopapier raschelt, und mache ein Zähne-zusammen-beiß-und-große-Augen-Gesicht, damit D. merkt, dass wir nicht alleine sind.

»Ist es schlimm?«

»Ja.«

»Ok. Ich beruhige mich jetzt und du, du beruhigst dich auch.«

»Oder wir suizidieren uns hier drin heimlich.«

»Mit einem von N.s Gelnägeln zum Beispiel.«

»Genau. Jede bekommt einen ganz langen Harakiri-Nagel. Den können wir uns vorher von ihr mit Hibiskusblüten verzieren lassen.«

»Oder wir koksen. Hast du was?«

»Nein.«

»So ein Nagel wäre auch ein gutes Koksschäufelchen. Ist vielleicht besser als das mit dem Umbringen.«

»Wie in Mumbai.«

»In Mumbai?«

»Ja, da haben die von den höheren Kasten immer einen langen Nagel am kleinen Finger. Damit man ihnen ansieht, dass sie nicht arbeiten müssen. Ein Insignien-Koksschäufelchen, sozusagen.«

»Ich will nie wieder arbeiten, D.«

»Irgendein Prophet hat mal gesagt, dass der Nagel ein Werkzeug ist. Ein Messer, das sozusagen schon im Körper eingebaut ist. Wie bei Terminator.«

Die Tür geht auf.

J.

Durch die trüben Schleier auf meiner Netzhaut und das Neonlicht im Rücken sieht sie aus wie ein Racheengel mit indirekter Beleuchtung. Vielleicht liegt das aber auch nur an ihrem silbernen Top, das ein bisschen aussieht wie ein Kettenhemd, und daran, dass D. gerade »Terminator« gesagt hat.

J. kramt in ihrer Tasche, zieht ein schwarzes Top raus und drückt es mir in die Hand.
»Das war so klar, M.«

Ich will ihr um den Hals fallen, sage aber nur: »Danke, dass du gekommen bist.«

»Lösch mal den peinlichen Post von deiner Wall und komm her.«

Sie fingert den knallpinken Lippenstift, den sie immer trägt und von dem ich weiß, dass er mir nicht steht, aus ihrer Hosentasche, klemmt sich die Kappe zwischen die Zähne und beginnt damit in meinem Gesicht herumzufuhrwerken. Während sie sich und D. noch mit dem Lippenstift bearbeitet, ziehe ich mein T-Shirt über den Kopf, wasche mir mit Wasser und Seife die Achseln und streife J.s Top über.

So fühlt es sich wieder besser an. Ich sehe ok aus. D. sieht umwerfend aus. J. sieht völlig gaga aus wie immer.

J. sagt: »Los. Jetzt gehen wir spielen.«

Die Absauganlagen für den Hornstaub brausen. Es gibt Gurkenwasser statt Bier. Die vier Massagestühle sind in Bewegung. Auf dem Stuhl ganz links sitzt die, die immer überall ist, weil sie einen Blog hat, in dem sie Kunstkritiken schreibt. Eigentlich sind es keine Kritiken, sondern Reviews. In einem Review gibt man den Pressetext der Galerie in eigenen Worten wieder. Sie hat noch nie einen Verriss geschrieben, deshalb wird sie immer auf alle Dinners eingeladen. Ich bin auch froh, dass sie da ist. Sie fährt, glaube ich, Programm 1 vom Stuhl. Ihre Oberarme wackeln unter der durchsichtigen Bluse im selben Rhythmus wie ihre Löckchen, während sie ein Loch in die Wand gegenüber starrt. Neben ihr sitzt Richards Frau im Schongang. Sie hat die Augen geschlossen, während ihr Körper unter den Knetbewegungen des Stuhls kleine Wellen schlägt. Ganz rechts sitzt Kurt und unterhält sich mit Stuhl 4 – Richard. Im Vergleich zu Richard, dessen Körper in dem Sakko mit den dicken Schulterpolstern noch ein bisschen gewaltiger wirkt als sonst, sieht Kurt mit seinen ein paar Zentimeter über dem Boden baumelnden Füßchen aus wie ein Drittklässler im Rachen eines mampfenden Bionicle Monsters. Bei Richard wackelt nur die Gurke im Wasser.

Ich merke, dass ich jeden Einzelnen hohl anstarre, bis J. mich und D. an den Händen nimmt und nach draußen zieht.

»Es sieht scheiße aus, wenn ihr hier viel zu früh herumsteht und auf die Ausstellungsbesucher wartet.«

Über den kleinen auf der Stelle tippelnden Grüppchen vor der Tür steigen Rauchwolken auf. D. sucht Zigaretten und kommt innerhalb von zehn Sekunden mit drei zurück. Ich glaube, sie hat noch nie etwas nicht bekommen, das sie wollte. Als wir uns alle gleichzeitig über das Feuerzeug beugen, berühren sich unsere Schläfen. Es fühlt sich nach Ferienlager an, oder nach Séance.

»Fuck, da ist Morten. Nicht hinschauen.«

J. und ich schauen hin. Hinter der Fensterfront steht Morten Farlo mit offenem Hemd und Pudelfrisur. Ich glaube, er hat gesehen, dass wir ihn gesehen haben, jedenfalls macht er einen Schritt zur Seite, bis er hinter den Büscheln des Teddyfellmantels der Frau neben ihm verschwindet. Morten Farlo ist ein dänischer Kurator. Vor ein paar Monaten hatte er D. auf einen Drink eingeladen, weil er ihren Artikel über die Ästhetik des Konvulsiven gut fand und sie deshalb auf ein Symposium in Venedig einladen wollte. Zumindest hat er das gesagt. Als er dann auf der Dachterrasse vom Hotel de Rome saß, hat er ausschließlich von sich geredet und davon, wie viel ihr das Ganze bringen könnte, während er ihr mit seinen vom Herumgraben in der exquisiten Nussmischung klebrigen Fingern immer wieder über den Unterarm strich.

Erst als wir Wochen später besoffen vorm Späti saßen, hat sie davon erzählt. Von dem beißenden Waschmittelgeruch der Ikea-Bettwäsche und der Routine, mit der er das Kondom abstreifte, um auf ihrem Rücken zu kommen.

Mir wird immer noch schlecht, wenn ich daran denke. Zu dem Symposium kam es nie. Aber seitdem das mit dem Feminismus so ein Ding geworden ist, sitzt Morten bei jeder Kunstmesse auf irgendeinem Panel, redet über strukturellen Sexismus in der Kunst und postet Selfies von sich mit einer Kappe mit der Aufschrift »Protect me from what I want«.

Die Frau in dem Teddyfellmantel ist vielleicht 19 und offensichtlich seine Begleitung. Als die beiden durch die Glastür nach draußen laufen und sich, ohne uns anzusehen, an uns vorbeidrücken, pfeift J. auf den Fingern und ruft so laut, dass alle Umstehenden es hören können: »Hey Morten, gönn deiner Freundin doch eine Maniküre, dann kann sie dir die Sackläuse besser rausfummeln, während sie nach dem Schatz sucht, den du ihr versprochen hast.«

Wir sehen uns an und prusten los.

D. sieht aus, als wäre sie um einen Kopf gewachsen.

J. sagt: »Ich glaub, jetzt brauch ich ein bisschen Hawaii für meine Nägel«, und verschwindet nach drinnen.

Ich liebe J.. Weil sie weiß, dass es unser Job ist, die Scheiße zu verkaufen. Und dass wir dabei so viel verlieren können. Weil wir alles wollen. Aber sie erinnert mich ab und zu daran, dass es unsere Show ist.

Es macht nichts, dass wir uns lächerlich machen, wenn wir den ganzen Plastikmüll mit Glitzerlächeln in die Kameras halten. Weil ihr sowieso nicht wirklich da seid. Und wenn ihr abschaltet und die Countdowns aufgehört haben zu flimmern, dann sind wir immer noch hier.

MMM

21.20 Uhr. Richard hat ein Galerie-Dinner organisiert, das jetzt irgendwo sein soll. J. hat sich aus dem Staub gemacht und D. lehnt rauchend an der Wand und wartet auf den kleinen Mann mit Krötengesicht, der ihr den ganzen Abend über Zigaretten spendiert hat. In der Karawane, die jetzt hinter Richard her zum Taxi trottet, ist jeder froh, zu denen zu gehören, die eingeladen worden sind.

Ich sage Richard, dass ich ein anderes Taxi nehme, und warte, bis das gelbe Licht um die Ecke verschwunden ist. Ohne mich umzudrehen, laufe ich die Straße runter in Richtung U-Bahnhof Kurfürstenstraße.

Unter dem mechanischen Surren des Türöffners falle ich in das Dunkel des Hauseingangs. An den Mülltonnen vorbei, auf dem Weg durch den Hinterhof, knirschen die Kiesel unter meinen Schuhen. Z. wartet in der Tür. Das Licht, das aus seiner Wohnung fällt, ist warm, und er lächelt.

Durch das offene Fenster kann man die Nacht riechen. Es ist kalt. Ich lege mich ins Bett und versuche, nicht mit den Zähnen zu klappern. Z. macht das Licht aus, bevor er sich zu mir legt und die Decke über uns beide zieht.

Ich will nicht schlafen.

Ich lege meinen Kopf auf seine Brust und taste nach seiner Hand. Er hält sie fest und zieht mich an sich.

12. NORMALITÄT

Ich weiß nie, ob ich es leiden kann, dass sich meine Augenlider rot färben, wenn ich in der Sonne sitze. Es ist auf die gleiche Art warm, wie es windig ist. Z. holt Kaffee. Einen mit und einen ohne Zucker, so wie ich es mag. Ich trinke beide. Er hat sich keinen bestellt, weil er lieber Orangensaft trinkt.

Ich mag das Geräusch, wenn man mit dem Messer über getoastetes Brot streicht. Z. hat den Arm um mich gelegt. Meine Hand liegt auf seinem Schoß. So, dass die Fingerkuppe von meinem Ringfinger ein bisschen in seiner Hosentasche steckt.

Mein Kopf liegt an seinem Hals. Ich spüre seinen Herzschlag an meinen Lippen, bevor ich anfange, meine zweite Brothälfte zu streichen.

Eine alte Frau läuft vorbei. Sie ist jeden Tag in der Straße. Ihre Schuhe schlurfen über den Boden.

13. LINDE KRONE
POST CENTRAL

Meine Eltern trinken Kaffee, essen Kuchen. Thermoskanne. Kaffeesahne in kleinen braunen Behältern. Picknickkorb im Kofferraum. Übern Brenner. Im Urlaub.

Gartenmöbel im Gras. Eine Biene kitzelt am Fuß. Keine Angst. Sie tut dir nichts. Alles harmlos. An der Riviera.
Mein Vater sitzt bequem.
Die Kuchengabel meiner Mutter glänzt.
Ein Wiesenstrauß. Ein großer Tisch im Schatten.
Der Geruch von Pinien.
Oder Palmen.
Ich im weißen Kleid. Offene Haare.
Etwas Wind.

Ich kaufe Postkarten. Draufsicht Paradies.
Es ist so wie auf den Bildern.
Lippenstift für den Kussmund. Unten aufs Papier.
Bella ciao, ich komme wieder. Bald! Un bacio. M.
Mit deinem Finger wischst du den Rest roter Farbe von meinem Kinn. Wir schauen uns in die Augen.
Die Flasche zischt beim Öffnen.

Schicksal. Horoskop. Stimmungsring.
Linde Krone Post Central. In Italien.

Bunte Schirme mit kleinen Fransen. Braune Kinderbeine in Badehosen. Frühstücksbuffet. Sonnenschein. Margarine in kleinen Schälchen.
Die Markise knarzt. Du schaust schon wieder so.

FLANIEREN! Alle sehen uns an. Wir hüpfen ein bisschen beim Gehen. Wir haben was gekauft. Du trägst die Tüte um dein Handgelenk. Sie schneidet ein. Ein bisschen nur. Aber es macht dir nichts.
Wir sind das Schöne.
Alle verstehen uns.
Wir sprechen kein Italienisch.

Da ist das Meer. Wir trinken Wein, nein CHAMPAGNER. Arm in Arm. Das ist richtig. Das ist gut. Du fühlst es auch.
Da ist nichts hinter dem Horizont.
Ich nippe von meiner Flasche, nein Glas! Die Serpentinen hoch zum Hotel am Berg.
Sonnenuntergang. Sonnenaufgang. Morgengrauen. Abendrot.

Heimlich rauchen am Fenster.
Du küsst mich. Wir ziehen uns aus.
Wir sind nackt.
Jetzt.
Ein Witz. Nein, Humor! Endlich.
Ich ziehe den Lippenstift nach.
Wir rennen durch die Flure. Nur um ertappt zu werden.

Ich lache so, dass alle es sehen können.
Keiner wirft uns raus.
Es ist unser Film. Das Laken ganz weiß.
Die Haare drapiert.
Streicheleinheiten.
Warmes Licht in den Laken. Warmes Licht überall.
Warmes Licht in deinem Bauchnabel.
Porzellangesichter. Rote Wangen.
Eine Wimper. Ein Wunsch. Ein Nickerchen.
Frau von hinten. Halbnackt. Halb Laken.
Die Taille.
Wie ein Cello.
Ein Spiegelblick.
Zimmerservice.
Seidenschlafanzug.

Zigarette im Bett.
Der Moment, in dem die Asche fällt.
Eine Epoche.

Mehr Champagner.
Eine Schatulle.
Mein Schlüsselbein. Eine neue Kette. Nein, ein Collier!
Ich ziehe den Lippenstift nach.
Wir essen Beeren, nein, Austern.
Eine Arie. Nein, eine Oper!
Sachtes Küssen.
Obstkörbe.

Wir küssen an der Feuertreppe, nein, am offenen Fenster, nein im Cabriolet mit offenem Verdeck. Ein altes. Natürlich.

Ein Motor schnurrt.
Du fährst weg, aber nur um wiederzukommen.
Es ist ein Motorrad. Ich halte mich fest.
Haare flattern im Wind. Deine Hand auf meinem Schenkel.
Mein Kleid weht. Die Bäume fahren vorbei.
Du machst den Helm auf und zu.
Nackenkuss.
Sternenhimmel.
Wir machen ein Foto.
Das ist für immer.
Bilderalbum.
Gästepantoffeln.
Schaukelstuhl.

14. LETZTES KAPITEL

Dienstag, 8.15 Uhr

Dass es Frühling ist, merke ich immer erst dann, wenn ich aufwache und es nicht dunkel ist. Die Wolkenfetzen bewegen sich ganz schnell über das kleine Stückchen Himmel, das ich vom Bett aus sehen kann. So, dass es fast unnatürlich aussieht. Es ist grau, aber hell. Vielleicht hat es geregnet.

Ich glaube, ich habe genau richtig lang geschlafen. Dann schlägt man die Augen auf und ist auf einmal da. Aus dem Nichts mitten in die Stille hinein. Ohne Erinnerung daran, wo man gerade eben noch war. Es ist ein gutes Gefühl.

Das Aufstehen geht ganz leicht. Ich öffne die Fenster, so weit es geht. Draußen riecht es nach Erde und nassem Asphalt.

Ich will aufräumen. Der Handstaubsauger macht ein schönes Geräusch. Eins, das irgendwie süchtig macht. Es ist so laut, dass man nur noch das hört, und wenn man den Stecker zieht, ist es viel zu still. Ich mache das Radio an. Ein Gewinnspiel – Monika ist in der Leitung. Sie hat gewonnen. Der Moderator schreit und drückt auf den Knopf mit den Fanfaren. Monika sagt nichts. Vielleicht ist sie aus der Leitung geflogen, bevor sie ihre Kontodaten durchsagen konnte. Nein, da ist sie wieder. Jetzt schreit sie auch. Dann kommt der Jingle.

Zwei verkrustete Gläser und eine halbvolle Bierflasche in der Hand, wische ich die Krümel mit dem Unterarm von meinem Nachttisch und sehe, wie sie im Flokati verschwinden.

Es klingelt.

Z.
Da vor der Tür.
Es muss Z. sein.
Er will mich sehen, das hat er gesagt.
Manche Menschen tun das, was sie sagen, einfach.
Ich will dich sehen, hat er gesagt.

Ich drücke den Türöffner und lehne die Tür an.

Wenn man das tut, was wir miteinander getan haben, dann ist das ein Anfang. Wenn es keinen Anfang gibt, dann gibt es keine Geschichte. Die Geschichte braucht den Anfang, weil im Anfang eine Hoffnung liegt. Weil man da noch keine Zeit hatte, irgendetwas von all dem zu verschenken.

Am Anfang. Der Moment, in dem das Flugzeug abhebt. Wenn man immer noch ein bisschen in der Luft hängt durch die Heftigkeit des Auftriebs und die Anschnallzeichen noch leuchten. Ein Gummitier im Gepäckfach, ein rosa Safarihut aus dem Duty-free in Schönefeld, der Geruch von Sonnencreme in den Sitzen, und der Urlaub geht gerade erst los. Die nächsten zwei Wochen sind ein Versprechen, das da leuchtet auf dem kleinen Screen neben der Kotztüte. Keine Wolke vor der gelben Sonne. 32 Grad an der Riviera.

Und dann am Strand. Eingecremt, LSF 30. So lange, bis die Haut spannt. Zuerst wird alles ganz rot, das tut weh, aber das wird dann braun mit der Zeit. Das weiß man aus Erfahrung. Kopfschmerzen am nächsten Morgen, Sonnenbrand am Kinderbecken, die Toiletten sind nicht so sauber wie auf den Fotos. Die zwei aus dem Flugzeug sind auch da, sowieso sind alle da, wo kommen die alle her, die Liege im Schatten kostet 35 Euro und ich will gar keine Fußkettchen kaufen, auf die Postkarten schreibe ich trotzdem: »die Strände sind leer und das Wasser türkisblau, ich wünschte, du wärst hier«, obwohl ich ja selbst gar nicht richtig da bin, LSF 15, die Haut schuppt sich schon, aber auf dem Foto sehen die Beine dünn aus, das Meer glänzt, und die verbrannten Körper da vorne unter dem hässlichen Schirm hab ich aus dem Bild geschnitten und im Büro sehen alle meine Bikinistreifen und Niklas sagt, dass ich erholt aussehe, und dann weiß ich, dass es sich doch gelohnt hat.

Ich will nicht in den Urlaub. Ich will nichts planen und nichts buchen.

Einen Anfang, der immer Anfang bleibt, gibt es nicht. Deshalb ist es ja ein Anfang. Weil es dann weitergeht mit der Geschichte. Und weil es nie so aussieht wie auf den Bildern. Aber jetzt bin ich schon in der Warteschleife und die Musik dudelt so angenehm und wenn ich auflege, dann ist das auch eine Entscheidung, und wenn ich nicht auflege, dann passiert, was passiert, dann lasse ich es einfach passieren und dabei weiß ich gar nicht, ob die Frau vom Reisebüro überhaupt versteht, was ich meine.

Wenn du da stehst, dann kann ich nicht mehr auflegen. Dann muss ich dich anschauen. Und wenn du dann zurückschaust, dann weiß ich, was da ist, und auf einmal weiß ich, wie es sein kann. Dass es gut sein kann. Dann verliert die Einsamkeit ihren Charme, dann bist du einsamer, als du es eben noch warst, und deine Haut fühlt sich ganz stumpf an an der Stelle, wo der Kuss war.

Dann sitze ich da in der Bahn zwischen den Leuten und bin nur noch Gefühl mit ein bisschen Haaren obendrauf und Armen und Beinen, die an den Seiten hängen. Und alle können es sehen. Dass ich völlig fertig bin und dass ich dringend Urlaub brauche.

Ich höre Schritte auf der Treppe.

Ich weiß gar nicht, wer du bist. Du hast mir nichts erzählt. Vielleicht deshalb. Weil in deinem Schweigen etwas ist, in dem ich alles sein könnte.

Es war so viel Arbeit, weißt du. Ich hab die komplette Oberfläche glattpoliert. So glatt, dass alle sich darin selbst sehen können. Aber du, du siehst mich an. Und dann will ich all das sein, was du sehen willst. Die Frau in dem blauen Badeanzug auf diesem Poster, auf die du dir zum ersten Mal einen runtergeholt hast. Die mit den vielen Sommersprossen aus der Eisdiele, die nie auf deine SMS geantwortet hat. Die Nachbarin mit der strengen Frisur und der engen Bluse. Die durchgenudelte Alte mit dem kleinen Tattoo an der Schläfe, mit der du dein Speed geteilt hast. Die, die diesen Kuchen gebacken hat in dem französischen Landhaus, mit der Haarsträhne im Gesicht und dem Mehlstaub auf der Nase, die aus diesem schmuddeligen kanadischen Softporno, die so von der Pole-Stange hing, dass du nicht mehr atmen konntest, deine Mutter, deine kleine und deine große Schwester, deine Oma, deine Cousine, deine beste Freundin. Ich will alles auf einmal für dich sein, alle gleichzeitig, nur damit du nie mehr aufhörst, mich so anzuschauen.

Und jetzt spielen sie diesen Song. Diesen verfickten Song.

Es ist Italo Disco. Mr. Flagio – *Take a Chance.*

Und dann weiß ich, dass das der Anfang vom Ende ist. Dass sie das alle gedacht haben, als sie den Song gehört haben, dass die da jetzt Arm in Arm schunkeln wollen auf der Veranda, bis die Sonne untergeht und der Abspann einsetzt. Weil das die Geschichte ist, die wir hundert

Mal gehört haben. So oft, dass es unsere Geschichte geworden ist. Weil darin auf den perfekten Anfang ein perfektes Ende folgt.

Aber das ist eure Geschichte und nicht meine.

Das hier ist ein Film ohne Anfang und ohne Ende. Da gibt es kein Händchenhalten und Barfuß-in-den-Sonnenuntergang-Rennen. Ich bin Teil und Anführerin meiner eigenen Bewegung. Ich scheiß auf die Sommerbräune. Ich brauche keinen Urlaub. Ich bin die, die stolz und kreidebleich in Richtung Horizont spaziert, während das ganze verfickte Urlaubsressort hinter ihrem Rücken in die Luft fliegt. Slow Motion. Feuerbälle. Apokalypse Now. Und dann geht es wieder von vorne los.

Es klopft.

Ich reiße die Tür auf.

»Päckchen für Nachbar?«

»Ja. Nehm ich an.«

15. ODER EIN HUHN TOPFFERTIG MACHEN

»Zunächst muss das Huhn durch einen Schlag betäubt werden. Fasse die Beine mit der linken Hand. Lege das Genick zwischen Mittel- und Zeigefinger der rechten Hand, sodass der Kopf gegen den Handballen drückt. Drücke die rechte Hand nach unten und drehe sie dabei so, dass der Kopf zurückgebogen wird, bis du spürst, dass das Rückgrat gebrochen ist. Rupfe den Vogel, solange er warm ist; die Haut reißt dann nicht so leicht.«

Der Tisch ist gedeckt. Die Kerze leuchtet.
Der Coq au Vin kocht, bis er ganz weich ist.
Ich sehe auf die Uhr. Gleich kommst du nach Hause.

16. ODER

Es ist nicht Winter und nicht Nacht.

Ich liege auf dem Teppich, rauche und starre an die Decke. Der Regen trommelt gegen die Doppelglasfenster. Im Liegen kann ich am besten denken. Den Schwanz hab ich zu den Walnüssen in die Kiste unterm Bett gelegt. Weil heute Sonntag ist.

Ich habe was auf Ebay ersteigert. J. schreibt, dass sie ihren Gynäkologen ficken will. Neben mir liegt ein Döner. Die Alufolie hat ein Loch. Soße tropft auf den Teppich. Manchmal beiße ich ab. Manchmal weine ich. Manchmal fasse ich mir zwischen die Beine. Bis ich fast komme.

16 Uhr. Ich muss los. L. abholen.

Die Straße ist nass. Ihre Haare sind verstrubbelt. Ich küsse ihr kleines Gesicht. »Schön, dass du wieder da bist. Ich bin ein bisschen müde. Komm. Wir gehen nach Hause.«

Wir danken:

Alexander Arpeggio
Johannes Bramann
Carla Dietmair
Lena Emrich
Nan Goldin
Martin Henselmann
Gabriel von Loebell-Herberstein
Zoë Claire Miller
Dirk Peitz
Frank Kroll
Beate Scheder
Julia Stark
Richard Stoiber
Charlotte Szász
Alexis Waltz
Eva Wilson
Adela Yawitz

Bildnachweise
Abb. S. 26: Signatur des Malers Johannes Vermeer.
Abb. S. 61: Die Beweinung Christi, Sandro Botticelli, Tempera auf Leinwand, 1490–1492.
Abb. S. 109: Jean Fouquet, Diptychon von Melun: Altarbild der Madonna mit Kind und Cherubim, Öl auf Leinwand, um 1450.
Abb. S. 143: Perspektivische Ansicht von Charles Fourier's Phalanstère, erste Hälfte 19. Jh.

Impressum

Erste Auflage Berlin 2019

MSB Matthes & Seitz Berlin Verlagsgesellschaft mbH
Göhrener Str. 7 | 10347 Berlin
info@matthes-seitz-berlin.de

Umschlaggestaltung: Dirk Lebahn, Berlin
Satz: Laura Fronterré, Bielefeld
Druck und Bindung: Pustet, Regensburg
Printed in Germany

ISBN 978-3-95757-694-1

www.matthes-seitz-berlin.de

